Angie Pfeiffer

Das Buch des Lebens

AF138807

Angie Pfeiffer

# Das Buch des Lebens

*Gedichte, Gedanken, kurze Texte*

Deutsche Erstausgabe 2015
© by Angie Pfeiffer
Copyright-Hinweis:
Die Texte sind urheberrechtlich geschützt.
Nachdruck und Vervielfältigungen, auch aus-
zugsweise, bedürfen der schriftlichen Zustim-
mung der Autorin.
Herstellung und Verlag:
BoD – Books on Demand, Norderstedt
ISBN: 978-3-7392-0303-4

# Wovon träumst du?

In den schottischen Highlands war einmal ein Fels, größer als seine Brüder, doch gehörte er zu ihnen. Gemeinsam trotzten sie dem tobenden Sturm, dem peitschenden Regen und auch der klirrende Frost konnte ihnen nichts anhaben.

Eines Tages trug der freundliche Westwind ein Samenkorn zu ihnen. Es fiel in eine kleine Spalte des großen Felsbrockens. und es wuchs eine Pflanze daraus. Klein zunächst und kümmerlich, denn der Fels wollte sie nicht nähren. „Was tust du hier", grollte er.

„Oh, ich wachse und du hilfst mir dabei", wisperte die Pflanze.

„Ich kann dir nicht helfen, denn ich bin ein harter Fels. Geh lieber weg."

„Aber du bist stark, gibst mir Schutz und Nahrung, wenn du nur willst. Ich will bei dir bleiben", antwortete die Pflanze und schmiegte sich haltsuchend an.

Darauf wusste der Fels keine Antwort, denn noch nie hatte ihn jemand um so etwas gebeten. So duldete er die Pflanze.

Sie wuchs heran, bekam die ersten Knospen, blühte auf. Der Fels bot ihr Schutz, nährte sie.

„Es ist schön hier bei dir", flüsterte sie eines Tages.
„Ich bin rau und schroff, niemand findet mich schön", war die Antwort des Felsens, doch insgeheim freute er sich über die Pflanze, schmückte sie ihn doch mit ihren Blüten, machte ihn durch ihre Aufmerksamkeit einmalig.

„Wovon träumst du", fragte sie ihn einmal.
„Ich weiß nicht", antwortete er. „Wovon träumst du?"
Die Pflanze lächelte ihn an. „Irgendwann werden wir beide Staub sein und mit dem Wind überall hin fliegen können."
Da begann er sie zu lieben.


*"Diese Geschichte kenne ich nicht", sagst du.*
*Ich muss lächeln. "Doch, denn es ist unsere."*

# Weil ich dich liebe

„Dieses Mal meinst du es wirklich ernst, nicht wahr?"

„Ich habe es immer ernst gemeint", antwortet sie sanft.

„Du brichst mir das Herz."

„Ach du", sie lächelt ihn zärtlich an, murmelt: „Was ist das schon, ein gebrochenes Herz!"

„Ich werde dich nicht gehen lassen, dich wieder gewinnen."

Sie fährt sich durchs Haar, eine vertraute Geste für ihn. „Du hast mich nie verloren."

„Dann bleib!"

Sie steht auf. „Nein, das geht nicht."

„Warum?"

Ihre letzten Worte, im Hinausgehen, kaum verständlich. „Weil ich dich liebe!"


Er bleibt sitzen. Ist wie betäubt, des Denkens unfähig. Ihre Worte hallen in ihm nach.

Die Dämmerung zieht auf, tanzende Schatten. Ein Lufthauch lässt ihn erschauern.

Ihre Hände auf seinem Gesicht, vorsichtig tastend. „Ich kann nicht gehen."

„Warum?"
Er spürte ihr lächeln, zögernd, traurig.
„Weil ich dich liebe..."

## Intensiv

Habe lange nicht mehr so intensiv gelebt,
wie in diesem Jahr.
Habe lange nicht mehr so intensiv gefühlt,
wie in diesem Jahr.
Ich glaube, nicht das Denken macht das
Leben aus,
sondern das Fühlen.

## Das Buch des Lebens

Sonnenuntergang spüren
blättern im Buch des Lebens
Seite für Seite
gelebte Enttäuschung
bittere Erinnerungen
verlorene Zeit

Sonnenaufgang erleben
Wärme erspüren
Frieden, Geborgenheit
Zukunft zulassen
eine leere Seite

sie greift zu Feder und Tinte…

## Irrwege

„Wo warst du nur, ich habe dich gesucht!"
Er lächelt leise, wie es seine Art ist. „Immer hier, mein Liebes, wartend, abwartend und doch ein kleines bisschen ungeduldig. Vielleicht hast du mich nur nicht gesehen?"
„Der Nebel war so dicht, ich hatte mich wohl verlaufen, fand den Weg nicht mehr, konnte nicht klar sehen", sie seufzt erleichtert. „Doch jetzt habe ich dich wiedergefunden."
Er nimmt sie in die Arme, zögernd, ein wenig hilflos und noch unvertraut. „Dann bleib einfach hier, vertraue mir, dann werden wir uns nie wieder verirren..."


## Immer

Immer leicht
Immer verzaubernd
Immer da
Immer du

## Normalität

Es gibt viele Posts über die Liebe. Über Schmetterlinge, große Gefühle und die völlige Unmöglichkeit, auch nur eine Sekunde ohne den Anderen zu sein.
Nachts mit ineinander verschlungenen Körpern zu schlafen und tags halbstündlich SMS zu verschicken, um sich gegenseitig zu versichern, dass man sich noch immer liebt.

Doch wie ist die Liebe, nachdem der Wahnsinn des ersten Kennenlernens abgeklungen ist? Wenn die Verliebtheit ein wenig schwindet und der Liebe Raum gibt? Wenn die Schmetterlinge zur Ruhe gekommen sind?
Nun, das Herz schlägt nicht mehr schneller, wenn ihr euch seht. Im Gegenteil, bei deinem Partner fühlst du dich ruhig und sicher, eben zu Hause. Kein Looping der Gefühle nach dem anderen, sondern Entschleunigung und fallen lassen können.
Auch schlaft ihr endlich wieder durch, denn die Körper haben sich entflochten. Manchmal liegt ihr sogar von einander ab-

gewandt. Aber irgendwann in der Nacht findet ihr euch doch. Du kuschelst dich in seinen Arm und manchmal zieht er dich im Schlaf ganz dicht an sich heran.

Vielleicht hat er als Kind so seinen Teddy im Arm gehabt? Vielleicht bist du jetzt seine Geborgenheit!

In den kostbaren Morgenstunden, bevor der alltägliche Wahnsinn euch überrollt, schmiegt ihr euch aneinander. Genießt Nähe und Wärme des Anderen.

SMS sind seltener geworden. Der Text lautet nicht mehr: ‚Ich liebe nur Dich, für immer!!! Dein Kätzchen' sondern ‚Bitte denk doch daran, Küchenrolle mitzubringen, hdl'.

So ist das wohl mit den Beziehungen. Sie sind nicht immer und ewig im Märchenland angesiedelt. Auch das Permanentfeuerwerk ist irgendwann abgebrannt.

Doch wenn ihr euch nach der ersten Verliebtheit füreinander entschieden habt, dann wärmt ihr euch aneinander, gebt euch Geborgenheit und Halt. Seid euch wichtig, wie sonst niemand anderes.

UPS – fast hätte ich die Sache mit den Küssen vergessen. Sie sind jetzt vielfältiger.

Es gibt die ‚Tschüß bis gleich' und die ‚verschlafenen Morgenküsse', die vom Lärmen des Weckers begleitet werden. Auch die ‚ich habe jetzt gerade keine Zeit, aber ich liebe dich' und ‚schlaf gut' Bussis gibt es.

Nicht zu vergessen sind die ‚einfach mal so, weil ich dich mag' Küsschen.

Aber keine Sorge, die richtig heißen, weiche Knie machenden, euch zum schmelzen bringenden Knutscher gibt es immer noch! Ehrenwort!

## Sehnsucht

Ich vergehe vor Sehnsucht!
„So etwas gibt es ja gar nicht. So etwas passiert mir nicht und ich würde diesen übertrieben, sentimentalen Satz niemals über die Lippen bringen. Ich doch nicht!"
Das habe ich immer gesagt.

Jetzt kann ich nicht schlafen, doch ich träume von Dir.
Ich kann nicht essen und verzehre mich nach Dir.
Um mich herum ist Stille, dennoch höre ich Deine Stimme.
Ich treffe mich mit Freunden und bin allein.
Mein Leben verläuft in geregelten Bahnen, doch bin ich ohne dich ganz verloren.

Dann, wenn es fast nicht mehr auszuhalten ist, weiß ich Dich auf dem Heimweg und alle diese verrückten Gefühle sind mit einem Mal da:
Es kribbelt in meinem Magen, die Flugzeuge in meinem Bauch schlagen Looping ohne Unterlass. Mein Kopf schwebt ir-

gendwo oben in den Wolken. Ich habe das rationale Denken kurzfristig eingestellt. Mein Mund lächelt wie von selbst, die Arme und Beine kribbeln, ich möchte die Welt umarmen, tanzen und singen.

Immerzu kann ich nur daran denken, dass du gleich hier bist, hier bei mir. Dass ich dich endlich wieder fühlen, riechen, schmecken kann. Mich in deinen Arm kuscheln kann, dort geborgen bin. Wieder komplett bin.

Ich vergehe vor Sehnsucht. Oh ja, das muss sich wohl SO anfühlen.


## Gleichgültig

Du fragst,
warum es mir nicht gleich ist
was du tust.
Es stimmt,
das könnte mir gleich sein.
Doch du bist mir nicht gleichgültig,
gleichgültig was du tust.

# „If you don't know me by now"

Dieser Song war schon eine ganze Weile in ihrem Kopf, verbunden mit einem Gedanken. Und mit dem Gefühl einer Momentaufnahme als ich sie zum ersten Mal bewusst hörte.

*„If you don't know me by now"*

,Wenn du mich noch immer nicht kennst, so wirst du mich niemals kennenlernen'.

„Nach allen überstandenen Krisen, überwundenen Probleme sollten wir uns gegenseitig einschätzen können", sagte sie zu ihm. „Oder willst du mich gar nicht so kennen, wie ich bin? Willst du weiterhin bei einem Bild bleiben, das du dir gezeichnet hast, bei einer Schablone?"
Er zuckte mit den Schultern, verstand sie nicht. Oder wollte er sie nicht verstehen?
Sie sang den Song im Radio mit, laut, als Ventil für ihren Frust.

*„If you don't know me by now"*

Doch irgendwann änderte sich etwas im Miteinander des Paares. Sie hörte den Song immer noch, manchmal in einer Endlosschleife, aber er frustrierte sie nicht mehr. Plötzlich begriff sie ihn als Chance.

> „We've all got our own funny moods
> I've got mine, you've got yours too
> Just trust in me like I trust in you"

‚Warum nicht einfach mit dem Vertrauen anfangen. Einfach so, aus dem Stegreif‘, dachte sie.

Nun war es ein Song, den sie hoffnungsfroh mitsang. Ein Song für ihn und sie. Dessen Botschaft auch bei ihm angekommen war. Eine Hymne für den Neuanfang. Zwei Straßen fügten sich zu einer geraden, friedlichen Spur.

> „What good is a love affair when you can't see eye to eye!"

Sie sahen sich wieder in die Augen, erblickten Liebe und das fast verschollene Vertrauen.

„Leben ist, was passiert, während wir andere Pläne machen." Das hat John Lennon gesagt.

Nun machten sie wieder alle Pläne miteinander und sie lassen das Leben passieren.

Der zitierte Text ist aus dem Song ‚If you don't know me by now' von Harold Melvin and the Blue Notes aus dem Jahr 1972 (Album: I Miss You). 1989 nahmen Simply Red den Titel für das Album A New Flame auf.

## *Willkommen*

Tritt ein in mein Leben
schau Dich ruhig um.
Sag mir,
ob es dir zusagt.
Ob du dich
hier irgendwann wohlfühlen könntest.
Ich weiß,
es ist erst grob sortiert,
noch lange nicht richtig aufgeräumt
Doch bevor Du
falsche Schlüsse ziehst
wäre es schön,
wenn Du's übersiehst ...

## Kussvariationen

Man findet ihn oft auf der Wange,
formell und fast wie von der Stange.
Gehaucht als erster, zweiter, dritter,
mal rechts, mal links, und in der Mitte.
Als ‚ach wie nett dich mal zu sehen',
lässt man ihn einfach so geschehen.


Zuweilen in der Politik
hält Mann sich hierbei nicht zurück
und gibt ihn ab ganz offiziell.
Mal ehrlich – ist das originell,
wenn Männermünder sich berühren
um ihre Freundschaft vorzuführen?


Als in der Kinderzeit erlebter,
ist er ein Kaugummi verklebter.
Und manchmal ist er gar nicht lecker.
Wer will schon einen Tantenschmecker!
Doch in der Pubertät erlebt
ist's Stoff, aus dem man Träume webt.

Manchmal als Grippeüberbringer
ist er verpönt als schlimmer Finger.
Auch dieser feucht gesabbert' Schmatzer,
der stoppelbärt'ge Wangenkratzer,
der dreiste, ungefragte Drängler,
der freche Zungenspitzenschlängler
sind allgemein nicht sehr beliebt
und haben manches schon versiebt.


Doch gibt's auch den besonders guten.
Er passt auf Lippen, Münder, Schnuten,
lässt Schmetterlinge flatternd fliegen.
Von ihm ist nicht genug zu kriegen.
So süß wie Honig, sanft und zart,
Verlockung pur und sehr apart.
Er ist ein Schummerlicht Bekenner
Und wird ganz schnell zum Dauerbrenner.


Und küsst der Küsser virtuos,
ist man ganz plötzlich willenlos.
Verliert den Kopf und den Verstand,
ist völlig außer Rand und Band.
So gilt auch hier die Theorie:
So mancher ist ein Kussgenie.

## Der Taschenkuss

Du hast mir einen Kuss zugeworfen, aber ich weiß nicht genau ob ich ihn behalten kann. Deshalb habe ich ihn erst einmal in meine Tasche gesteckt.

Du seufzt, so, als hätte ich eine große Dummheit begangen. Dann lächelst du, kommst nah zu mir, steckst mir die Hände entgegen. Nun muss auch ich lächeln. Vorsichtig nehme ich deinen Kuss aus meiner Tasche, reiche ihn dir. Du nimmst ihn entgegen, streichst ihn mir behutsam auf den Mund.

Und da weiß ich genau, dass er ganz und gar mir gehört.


## Vom Küssen

Ach,
ich würde mich so gern an dir sattküssen.
Aber dann müsste ich ja verhungern,
denn je öfter ich dich küsse,
umso hungriger werde ich
nach dir.

## Kurt wacht auf

Kurt wachte auf, weil er zur Toilette musste. Es war noch dunkel. Auf seinem Nachttisch blinkte die Uhr: 5:00. Die Zahlen sagten ihm nicht viel. So stand er auf, schlurfte ins Badezimmer. Nach dem Toilettengang sah er sich interessiert um. Ein Zettel, der auf dem Spiegel klebte erweckte seine Aufmerksamkeit.

*‚Nicht vergessen: gründlich waschen und die Zähne putzen'*

Nun, wenn das schon dort stand, so wollte er der Anweisung auch folgen. Übrigens erinnerte er sich dunkel daran, dass es wichtig war, dass er tat, was auf einem Zettel aufgeschrieben war.

Aufmerksam betrachtete er sein Spiegelbild, konnte aber so recht nichts damit anfangen. Er zuckte mit den Schultern. Eigentlich war es egal, wer ihm dort im Spiegel entgegenblickte. Eine Zahnbürste stand im Becher parat. So betätigte er den Spender und drückte etwas von der herausquellende Flüssigkeit auf die Bürste.

Beim Zähneputzen schäumte es ordentlich. Zwar bekam er die Zähne schön sauber, doch schmeckte es eigenartig, gar nicht so, wie er es erwartet hatte. Nach dem Ausspülen des Mundes schaute er noch einmal auf den Zettel. Was war es noch, dass er tun sollte?

Ach ja, richtig,

*‚gründlich waschen’*

war noch vermerkt.

Er sah sich um, stieg dann in die Dusche und stellte das Wasser an. Auch jetzt hatte er das Gefühl, dass etwas nicht stimmte. Nach einer Weile verließ er die Dusche wieder. Ihm wurde kalt, der nasse Schlafanzug hing an ihm herunter, fühlte sich sehr unangenehm an. Schnell zog er ihn aus und hüllte sich in den flauschigen rosa Bademantel, der an der Tür hing. Er war ein wenig eng und zwickte an den Armen, aber er war wenigstens warm. Kurt fragte sich, ob er zugenommen hatte, so eng wie das Kleidungsstück war.

Sein Magen knurrte vernehmlich und so suchte er die Küche, die er fast sofort fand.

Hier hing ein weiterer Zettel an der Kühl-
schranktür:

*,Zum Frühstück magst du gern Toast mit
Marmelade. Marmelade und Butter sind im
Kühlschrank'.*

Auf der Arbeitsplatte lag ein Päckchen mit
Toastbrot, daneben stand ein rechteckiger
Apparat. Oh ja, das war jetzt genau das
Richtige, knuspriger, süßer Toast. Kurt lief
das Wasser im Mund zusammen. Doch
was musste er machen, um das Toastbrot
zu rösten? Er überlegte, dann legte er zwei
Scheiben Toast auf eine Kochplatte des
Ofens. Weil er nicht wusste, welche die
Richtige war, machte er einfach alle an.
Dann holte er Marmelade aus dem Kühlschrank und ließ jeweils einen Klacks auf
das Brot fallen. Er goss sich ein Glas Saft
ein und trank es genüsslich, während er
darauf wartete, dass sein Toast schön
knusprig wurde.

**Ein paar Tage später:**
Mutter und Tochter saßen sich in der Küche gegenüber.

„Wirklich Mama, das geht doch nicht. Er wird irgendwann das Haus in Brand stecken. Hast du denn überhaupt keine Angst davor?"

Friedl sah ihre Tochter ernst an, dann nickte sie. „Natürlich habe ich Angst. Was denkst du denn!"

Die Tochter nippte an ihrer Kaffeetasse. „Wir müssen etwas unternehmen. Was meinst du?"

„Ja, da hast du wohl Recht", seufzte Friedel, stand auf und ging ins Bad. Hier nahm sie ihren Morgenmantel von Haken und hängte noch ein Shirt und eine Hose von Kurt zu seinem Badmantel. Dann kam sie wieder in die Küche, nahm sich einen Notizblock und setzte sich auf ihren Platz. Eifrig schrieb sie.

Ihre Tochter sah ihr über die Schulter. Ungläubig las sie:

*‚Toastbrot in den Toaster schieben. Er steht daneben auf der Arbeitsplatte. Bräunen auf Stufe 3. Marmelade erst nachher auf dem Toastbrot verteilen. Guten Appetit.'*

Friedl zögerte einen Moment, dann erhellte ein Lächeln ihre Züge.

*,Ich liebe dich',*

setzte sie unter die Anweisung.

## Gestern

Gestern
hielt ich die Luft an,
wollte mich vor Gefühlen schützen.

Heute
flüstert jeder Atemzug
deinen Namen.

## Töricht

Mein Herz führt ein Eigenleben.

Das dumme Ding gerät manchmal völlig aus dem Häuschen. Erst bubbert es, dann ruckelt es ein bisschen, um schließlich im Takt mit einem anderen Herzen zu schlagen. Das haben diese verrückten Antriebsmaschinen so an sich - manchmal schlagen sie gemeinsam und dann gibt es einen Einklang, der vielleicht sogar das Universum antreibt.

Nun hat sich der Verstand eingeschaltet.

"Wie kannst du nur so töricht sein und aus dem Takt geraten", sagt er.

"Aber ich kann nicht anders."

"Papperlapapp, du solltest nicht so viel fühlen, sei einmal vernünftig", schilt der Verstand.

"Ich bin sehr vernünftig. Da ist ein anderes Herz, das fliegt mir entgegen, bringt mich zum Klingen und das fühlt sich gut an."

Jetzt wird der Verstand energisch: "Fühlen, eben. Lass das in Zukunft, sonst kannst du was erleben."

"Das ist es", antwortet das dumme kleine Herz. "Wenn ich es lasse, so lebe ich nicht

mehr."
Was soll ich dazu sagen? Ist eben nur ein
törichtes Ding, das Herz.

## Jeden Abend

Jeden Abend,
wenn die Sonne untergeht,
breche ich noch schnell
einen Sonnenstrahl ab.
So finde ich
in der Nacht
den Weg zu dir
und wir lieben uns
auf samtenen Laken.

Irgendwann,
wenn sie alle
abgebrochen sind,
fällt vielleicht der Himmel herunter.
Dann können wir uns
in die Wolken kuscheln
und uns lieben.

# Hand in Hand

Urlaub in südlichen Gefilden, früher Abend. Ein Pärchen, nach Jahren immer noch verliebt, bummelt durch ein kleines Einkaufszentrum. An einem Café halten sie an.

„Sollen wir hier etwas trinken?", fragt er. Ehe sie antworten kann, ertönen leise Klänge aus der Musikanlage. „Hör bloß mal, sie spielen unser Lied", strahlt sie ihn an. Auch er lächelt, nimmt sie in den Arm. „Du willst wirklich?" Ehe sie es sich versieht, tanzt sie mit ihm nach den Klängen des langsamen Liebesliedes.

Als der letzte Ton verklungen ist, lässt er sie zögernd los.

Sie schaut sich ein wenig verschämt um. „So etwas macht man doch nicht! Und gerade hier!"

An einem der runden Tische sieht sie ein Paar sitzen, beide sind schon weißhaarig. Das Leben lässt sich an ihren Gesichtszügen ablesen. Die Frau nickt ihr freundlich zu, lächelt ein wenig verschmitzt. Doch das Allerwichtigste registriert sie erst jetzt: Die beiden sitzen dort Hand in Hand.

Sie wendet sich ihm zu. „Siehst du das Pärchen dort drüben? Das könnten wir sein, in einigen Jahren."
Er schaut ihr einen Moment lang in die Augen. „Ja, doch vorher würde ich zu unserem Lied mit dir tanzen, egal wo!"

## *Plüschgedanken*

Heut' ist mir
so plüschig und plustrig zumute!
Könnt' fliegen und flattern,
mühelos schweben,
nur leben,
nicht denken
und
dir den Rest meines Lebens schenken

## Markus, mein Freund

Markus ist mein Freund so lange ich denken kann.

Unsere Eltern sind zusammen zum Kegeln gefahren, da gab es zwar Klaus Lage, aber nicht seinen Song übers Zoomen.

Während sich mein älterer Bruder mit Markus älterer Schwester unterhielt, und später mit ihr knutschte, mussten wir irgendwie mit einander auskommen. Erst einmal herrschte eine Eiseskälte zwischen uns. Bis ich ihm aus Versehen beim Öffnen einer Pittjes Packung kräftig in die Vorderzähne schlug. Von da an war das Eis gebrochen, wir wurden Freunde.

Er klaute seiner Schwester die Bravo, weil mein Taschengeld dafür nicht reichte. Ich nähte seinem Straßenfußball Team Nummern auf die T-Shirts, obwohl ich gar nicht nähen kann.

Später sorgte er dafür, dass ich meinen ersten Rausch nicht im Straßengraben ausschlief. Im Gegenzug erzählte ich meiner Banknachbarin Svenja, dass er ein total heißer Typ wäre. Das verhalf ihm zu seinem ersten Zungenkusserlebnis. Damals waren wir 15 und seitdem haben wir uns unzählige Male geholfen.

Er stellte mich seinem Mitfußballer Oliver vor und reichte mir ein halbes Jahr später seine Tempotücher, weil eben dieser Oliver Yvonne aus dem Nebenhaus eigentlich viel toller fand als mich.

Ich lieh ihm meine Schulter, als ihm meine Arbeitskollegin Gilla wegen unserem jungen und dynamischen Abteilungsleiter verließ. Er brachte mir Schokoladenplätzchen, als meinem damaligen Freund die Karriere wichtiger war als ich. Oder als meine Ehe in die Brüche ging.

Wir trösteten uns immer, wenn irgendetwas daneben ging, beziehungstechnisch.

Heute sitze ich, fein gemacht, am Tisch es Brautpaares. Schließlich bin ich Markus älteste Freundin. Die Torte ist angeschnitten und verteilt, Markus hat mir seine Tempotücher gegeben. Dabei hat er sich zu mir heruntergebeugt und geflüstert: „Du siehst hinreißend aus, wenn du heulst."

Die Band spielt eine Liebeschnulze. Markus, der umwerfend sexy in seinem Anzug aussieht, schwebt mit Nadine aus meinem

Yoga Kurs an mir vorbei. Die beiden sind offensichtlich total verliebt. Na ja, sonst hätten sie nicht geheiratet.

Ich schlucke, putze mir mit Markus letztem Taschentuch die Nase. Dann versuche ich nett zu lächeln und setze mich neben Olaf, aus Markus Altherren - Fußballmannschaft.

## Zwischen uns

Ich habe nichts dagegen,
wenn die Tür zwischen uns
im Streit zugeschlagen wird.
Ich spüre doch ganz genau,
wie deine Hand an ihr entlangfährt
und genau dort zu Ruhe kommt,
wo meine längst ist.

## *Was ist das, Liebe?*

„Was ist das: Liebe?", fragt der kleine Prinz. „Wie geht das, was ihr Beziehung oder Partnerschaft nennt?"

Ich komme ins Grübeln. Das Miteinander zweier Liebender, ein ewiges und schwieriges Thema. Wie soll man es jemandem beschreiben, der nicht weiß, was das ist?

Schließlich versuche ich, es ihm zu erklären, so gut ich kann.

„Stell dir zwei Ringe vor", sage ich. „Sie sind in sich geschlossen, jeder ist für sich allein. Nun beschließen sie sich zu vereinen, weil sie der Meinung sind, dass sie perfekt zu einander passen."

Ich zögere, weiß einen Moment nicht weiter. Mein Gegenüber schaut mich interessiert an. „Also verschmelzen sie miteinander", stellt er fest.

„Ja", sage ich. „Zunächst versuchen sie perfekt übereinander zu passen. Doch bald stellen sie fest, dass das gar nicht so einfach ist. Je tiefer ihre Gefühle zueinander sind, je größer ihre gemeinsamen Interessen, umso größer wird die gemeinsame Fläche. Doch niemals passen sie genau übereinander, bilden einen einzigen Ring. Jeder der zwei Ringe hat ja seine eigene Geschichte, seine kleinen Kratzer, Macken und Dellen, die zu ihm gehören und ihn ausmachen. Er kann sie nicht mehr ablegen. Sollten das doch der Fall sein, so kann sich keiner der beiden wiedererkennen, denn ein kleines Stück Eigenständigkeit muss sein."

Hier unterbricht er mich. „Also ist irgendwann der Punkt erreicht, an dem sie nicht weiter aufeinander zugehen können. Was passiert dann?"

„Du hast Recht. Sie sind miteinander verschmolzen und doch ein Stück weit eigenständig. Je größer die Fläche ist, in der sich ihre Gemeinsamkeiten befinden..."

Er runzelt die Stirn. „Welche Gemeinsamkeiten?", fragt er.

Ich muss lächeln. „Oh, es gibt eine Menge davon. Gefühle und Gedanken, die sie teilen, gemeinsame Wünsche und Ideen die sie verwirklichen möchten. Gemeinsamkeiten eben. Sie sind die Brücke, die eine Partnerschaft zusammenhält. Je größer das Miteinander ist, umso stabiler ist die Brücke. Die Ringe wachsen miteinander und auch aneinander."

„Was geschieht, wenn sie nicht gleichmäßig wachsen, wenn sich ein Ring schneller vergrößert?

„Nun, das kann vorkommen. Doch wird der Liebende inne halten und auf seinen Partner warten, wenn er bemerkt, dass er sich zu schnell vergrößert hat. Tut er das nicht, so wird die Brücke nicht halten. Es kommt zum Bruch."

„Also kann die Liebe nur Bestand haben, wenn beide sich genügend Freiraum geben und trotzdem freien Raum miteinander teilen", resümiert er.

„Eben, besser kann ich es nicht erklären."

Er strahlt mich an. „Zwei Ringe miteinander verwoben, das Zeichen für die Unendlichkeit. Das gefällt mir und ist gar nicht so schwer zu verstehen."

# Sie tuen es immer noch

Mit *20* taten sie's überall.
Mit *30* eher von Fall zu Fall.
Mit *40* fehlte es oft an Zeit.
Mit *50* gab's ganz neue Zärtlichkeit.
Mit *60* erlebten die Liebe sie neu,
erkannten, für sie geht es niemals vorbei.
Mit *70* steht er noch seinen Mann.
Mit *80* auch noch, so dann und wann.
Man kann es kaum glauben,
belächeln
und doch:
Sie tuen es immer und immer noch.

# Mister alte Liebe

NEIN! Ich denke schon wieder an ihn!
Dabei habe ich doch genug zu tun, wirklich!
Wenn ich nicht bald mit der Arbeit fertig bin, ist der Abgabetermin für mein neuestes Buch überschritten.
Also höre ich sofort auf mit dem pubertären Denken!
Wann werde ich wohl in dem Alter sein, in dem ich nicht mehr an Männer denke, sondern nur noch an lecker Essen.
Obwohl, er ist schon lecker. Ich würde gerne mal an ihm knabbern.
Dabei kenne ich ihn nicht wirklich. Eher vom Sehen, denn er betreibt seit einiger Zeit das Bistro um die Ecke.
Es heißt ‚Alte Liebe‘, warum, das kann ich nicht erklären.
Früher bin ich da nie hingegangen, aber seit er dort ist hat sich das geändert. Er ist nicht besonders gutaussehend, aber er hat was. Das sagen alle - oder viele.
Na ja, einige Freundinnen, die ich darauf angesprochen habe. Ich bin also nicht die einzige, die sich von ihm angezogen fühlt.

Aber das ist fast genau so, als würde ich sagen „George Clooney ist ein heißer Typ." Fast jede Frau und einige Männer würden mir zustimmen, aber eigentlich ist das egal. Weil - George ist irgendwie unerreichbar für mich und die meisten Anderen.

Mister ‚Alte Liebe' ist da schon näher bei. Ich denke, er weiß genau, wie er auf Frauen wirkt: so wie George, und er genießt es. Würde ich auch!

Er flirtet ganz schön, auch mit mir. Und ich mit ihm. Seit ein paar Wochen. Genauer gesagt, seit ich ihn zum ersten Mal gesehen habe.

Die Verabschiedung wird immer herzlicher. Letztens hat er sogar gesagt: „Willst du schon gehen? Schade auch."

Hinterher habe ich lange nachgedacht. Ob ich noch bleiben sollte?

Vielleicht für immer in der ‚Alten Liebe'? Och nö, das stelle ich mir nicht so toll vor. Aber das war schon ausgesprochen süß, oder? Ich könnte mich ständig von ihm verabschieden, wenn er so etwas sagt.

„Frag ihn doch mal, ob er ausgehen will, du musst ihn überrumpeln", rät mir Claudia.

„Um Gottes Willen", meint Karin, „wirf dich nicht so an seinen Hals. Das ist billig."

Ist in Ordnung, soll er ruhig auf mich warten, dann merkt er, wie toll ich bin.

Überhaupt flirtet er mit allen Frauen. Ich mache jetzt meinen Text fertig und denke nicht mehr an ihn.

Oder frage ich Claudia, ob wir in der ‚Alten Liebe' einen Cappuccino trinken sollten?

# ...da begann mein Herz zu wispern

Als ich gestern Nacht
die Dunkelheit atmete
und die Stille erlauschte,
da begann mein Herz zu wispern
und zu flüstern.

Es erzählte von dir:
Von deinen  Augen
wie sie lächeln
und es zum Strahlen bringen.
Von deinen Händen,
die es wärmen
und in Liebe hüllen.
Von Deinen Lippen,
die es
mit Küssen überschütten.

Da konnte ich
mein Herz nicht mehr festhalten.
Es erhob sich
und schwebte sanft zu Dir.

# Meine Schatzkiste

Ich habe eine Schatzkiste und obwohl ich manchmal denke, dass sie doch schon randvoll ist, so passt immer noch etwas hinein.

Das ist gut so, denn immer wieder finde ich etwas Kostbares, das unbedingt aufbewahrt werden muss. Wenn ich traurig, niedergeschlagen oder einfach melancholisch bin, öffne ich mein Kästchen und schaue mir das bunte Chaos an.

Das sind sie, meine Schätze:
Hier ein glücklicher Augenblick, dort ein Moment der Ruhe. Eine rosarote Schäfchenwolke mit himmelblauen Punkten will sich selbstständig machen, aber ich fange sie schnell wieder ein.

Das erste zahnlose Lächeln meiner Kinder, die inzwischen selbst Kinder haben.

An einem bonbonklebrigen Küsschen pappt ein Zettel: „Ich hab' dich lieb, Mama", steht darauf.

Hier ist ein hochoffizieller Eintrag, der mich unsagbar glücklich macht: „Ich danke meinen Eltern." Dazu die Frage nach einer

Patenschaft.

Die atemlose Spannung bei unserer ersten Begegnung.

Die Erleichterung: „Ja, das ist ER!"

Der erste vorsichtige Kuss ist untrennbar mit der schwindelig machenden Zärtlichkeit unserer ersten gemeinsamen Nacht verbunden.

Ein geflüstertes „ich liebe dich", noch ganz schlaftrunken, während du mich in deine Arme nimmst, beschützend, aber nicht besitzergreifend.

Auch der Moment aus tiefer Narkose aufzuwachen und dich neben mir zu wissen ist mir kostbar.

Genau so, wie ein tiefer Seufzer, begleitet von den Worten: „Papa und ich – wir haben ganz schön Glück mit unseren Frauen."

Ein grinsendes Jungengesicht schwebt an mir vorbei: „Wenn du ihn nicht heiratest, dann tu ich das! Er ist einfach super."

Einen Moment ….

ja hier ist er:

Ein Brief mit nur einem Satz, der für mich die Welt bedeutet:

„Ich liebe dich!"

24 rote Rosen – der schönste Adventska-
lender der Welt.

An lauen Sommerabenden im Garten sitzen, nicht reden und sich trotzdem nah
sein.

Zu unserer Musik träumen - oder tanzen.
Ganz für uns allein oder in einer Fußgän-
gerzone ...

Zu wissen: Hier ist jemand der dich liebt.
So wie du bist, mit all deinen Macken und
Ecken. Der deine dunkle Seite kennt und
trotzdem für dich da ist. Dem du vertrauen
kannst. Der dich niemals wissentlich ver-
letzen wird und für den du die Einzige bist
- immer.

All das gehört in meine Schatzkiste.
All das macht mich unsagbar reich und ich
möchte meine Schätze nicht für alles Geld
der Welt hergeben.

# Soforthilfe per Radio

*Liebes RADIO Team.*
*Gerade habe ich gehört, dass man sich am*
*Feiertag einen Song wünschen kann.*
*Also: Ich würde mir den Titel „Wonderful*
*Tonight" von Eric Clapton für Alex, meinen*
*Liebsten, wünschen.*
*Dieser Song hat für uns eine ganz besondere*
*Bedeutung - es wäre schön, wenn Sie den Titel*
*spielen und damit vielleicht ein kleines Wun-*
*der ermöglichen würden.*
*Liebe Grüße Julia*

„Hier ist RADIO, ihr Sender. Wir spielen Musik zum munter machen."
Die aufdringlich fröhliche Stimme des Sprechers bohrte sich in mein Ohr. Entschlossen nicht aufzuwachen, wurstelte ich mich tiefer in die Bettdecke.
„Am heutigen Feiertag spielen wir Musiktitel, die sie sich gewünscht haben. Männer für Frauen oder Frauen für Männer. Jetzt kommt der erste Musikwunsch von ...", diese Ansage ließ mich den Komaschlaf vergessen und kerzengerade im Bett sitzen. Um ein Haar hätte ich es verpennt! Mein Musikwunsch war schon vor einer Woche

beim Sender eingegangen - sofort nachdem ich von der Aktion gehört hatte. Vielleicht würde es ja helfen.

Mein Alex und ich waren im verflixten siebten Ehejahr angekommen und was ich nie für möglich gehalten hatte war eingetreten: Wir stritten, fetzten, verletzten uns ohne Unterlass. Es schien keinen Ausweg aus der Misere zu geben, denn jede Diskussion endete in einem Desaster, entfernte uns noch weiter voneinander. Ein friedliches, liebevolles Miteinander schien nicht mehr möglich zu sein. Der Aufruf des Radiosenders kam mir in dieser Situation gerade recht. Ich wollte versuchen unsere Ehe zu retten, meinem Liebsten einfach in die Arme nehmen und allen dummen Streit vergessen.

Alex betrat das Schlafzimmer, zwei Tassen mit frisch gebrühtem Kaffee in der Hand.

„Ich hoffe das Radio stört dich nicht", sagte er vorsichtig tastend, wie so häufig in letzter Zeit.

Ich strahlte ihn an. „Natürlich nicht, ich höre gern Musik, das weißt du doch."

„Na dann." Er reichte mir einen Kaffeebecher, wir nippten einträchtig an unserem

Kaffee und hörten Radio. Bisher war mein Musikwunsch nicht gespielt worden, doch das war eine Frage der Zeit. Seltsam, sonst stellte ich direkt nach dem Aufwachen das Radio an, während Alex unwillig brummelte und sich tiefer in seinen Kissen vergrub. Verstohlen musterte ich ihn. Ob er wohl ahnte, dass ich mir dieses besondere Lied gewünscht hatte?

Er wandte sich zu mir, nahm mich in den Arm. „Ach Kleine", seufzte er. „Du schaust aber grummelig drein."

Ich kuschelte mich wortlos an ihn, streichelte gedankenverloren seine Brust. „Weißt du ...", begann ich, wurde aber von Radiosprecher unterbrochen. „Jetzt ein ganz besonderer Song ...", dröhnte er. Ich hielt den Atem an. Bestimmt würde jetzt unser Lied gespielt.

„... von Karin für ihren Jupp."

Enttäuscht atmete ich aus. Alex sah mich prüfend an. „Ist irgendwas?", fragte er.

„Nein, nein, alles in Ordnung", antwortete ich schnell, während ich frustriert dem Musikwunsch von Karin lauschte.

Ich wurde weiterhin enttäuscht, denn auch

in den nächsten Stunden gab es zwar tolle Musik, doch keinen Claptonsong.

Ich wunderte mich etwas über meinen Liebsten, denn er bestand darauf, selbst auf der Terrasse Radio zu hören, was sonst so gar nicht seine Art war. Seltsamerweise verlief der Tag insgesamt sehr harmonisch. Wir gingen sorgsam miteinander um, verstanden uns so gut wie lange nicht mehr.

„Jetzt noch ein Traumtitel für verliebte Paare!", säuselte es. Inzwischen war der Radiosprecher in den Feierabend gegangen, hatte den Platz für eine Dame geräumt, die mit sanfter Stimme fortfuhr: „Wir spielen jetzt den Titel „Wonderful Tonight" von Eric Clapton."

*Liebes RADIO Team,*
*danke für Claptons „Wonderful Tonight"!*
*Der Song ist gerade von Alex für Julia gespielt worden. Beim Anhören haben wir festgestellt, dass wir uns den Titel unabhängig voneinander gewünscht haben. Beide saßen wir den ganzen Tag mit mindestens einem Ohr vor dem Radio und wunderten uns über die plötzlich auftretende Radioverrücktheit des Partners.*

*Vielen Dank für Eure Hilfe, denn das Wunder,*
*dass wir uns erhofft hatten, ist eingetreten.*
*Wir werden den Weg weiterhin Hand in Hand*
*gehen und uns nie wieder verlieren!*

## Raureif

Winter streut Raureif auf meine Lippen.
Sie bleiben kalt und stumm.
Er versprach, mir immer nah zu sein.
Warum kann ich ihm nicht glauben?
Mein Herz klopft laut
an viel zu dicken Mauern.
Ich errichtete sie zum Schutz,
verbarg mich hinter ihnen
in tiefem Bedauern.
Meinen Träumen jedoch
tragen schwarze Dessous
nur für ihn.

## Nur ein einziger Satz

Sie steht auf der Terrasse, schaut in den sternenklaren Himmel.

„Bald können wir wieder grillen", denkt sie und, „er wird am Grill stehen, einen Whisky trinken und seine komischen Witze machen. Witze, die nur er versteht."

Plötzlich wird ihr klar, dass dies nie wieder geschehen wird, Vergangenheit ist.

Er wird sie nie wieder zum Lachen bringen indem er ihr den Rücken zudreht und mit dem Hintern wackelt. Er wird nie wieder die Hände zu Krallen formen, den Kopf zwischen die Schultern ziehen und wie ein Monster auf sie zu kommen um sie zu kitzeln. Nie wieder Sätze mit seiner komischen Aussprache unnachahmlich färben, so wie nur er das kann. Er wird nie wieder beleidigt in seinem Sessel sitzen und darauf warten, dass sie den ersten Schritt macht.

Nie wieder wird sie ein Mann so lieben wie er. Mit all ihren Ecken, Kanten und Macken. Mit Eigenschaften, die andere in den Wahnsinn treiben. Eigenschaften, die er für Kreativität gehalten hat.

Sie krümmt sich, denn es schmerzt.

Er war Sicherheit für sie und Immer. Nun wird sie lernen müssen ohne ihn zu atmen, zu leben.

Bislang setzt sie einen Schritt vor den anderen, langsam, so als würde sie das Laufen wieder erlernen.

Noch kann sie ihn riechen. Sein Parfum steht im Bad, seine Handtücher hängen am Haken.

„Gleich kommt er heim", denkt sie oft, erwartet seinen Schlüssel in der Tür.

Seine Umarmung, das Küsschen auf den Mund, auf beide Wangen und zum Schluss auf die Nase.

Sein zärtliches Flüstern:„Mo Shiorghrá."

Sie möchte ihm noch so vieles sagen, doch es ist ein einziger Satz, den sie herausschreit:

„Warum hast du mich verlassen!"

## *Träume*

Ich träume.
Wir liegen auf einer Wiese, nah beieinander. Es ist eine laue Nacht. Wir schauen uns die Sterne an. Du nimmst meine Hand, weist stumm zum Himmel.
„Heute kann er warten", flüsterst du.
Dann nach Minuten, Sekunden, Ewigkeiten spüre ich deine Unruhe.
„Bitte bleib", sage ich.
„Ich kann nicht!" Du legst für einen Augenblick deine Hand zwischen meine Brüste, auf mein Herz.

Ich wache auf, spüre deine Finger noch. Glaube für einen glücklichen Moment, du wärst bei mir.

# Es liegt bei dir

Es darf nicht sein,
dass deine
bösartige Vergangenheit
dich einholt.

Es darf nicht sein,
dass deine schmerzheißen Tränen
dich verbrennen.

Es darf nicht sein,
dass deine
grob retuschierten Familienbilder
übermächtig werden.

Es darf nicht sein,
dass deine
regenbogenfarbenen Erinnerungen
für immer sterben.

Lass es nicht zu-
es liegt bei dir.

# Novemberrain

*Sometimes I need some time on my own.*
*Sometimes I need some time all alone.*
*Everybody needes some time on their own.*
*Don't you know you need some time all*
*alone.*

‚Sorry, aber ich brauche etwas Zeit für mich allein. Jeder braucht das ab und zu. Das ist doch ganz normal. Dir wird es bestimmt auch so gehen.'

Sie steht an offenen Fenster, starrt in den grauen Novemberabend.
Immer wieder hat sie seine Zeilen gelesen. Flüchtig hat er sie aufs Papier gebracht. Als wäre er in Eile gewesen. Als ob er fast schon aus der Tür gewesen wäre, dann inne gehalten hätte, um ihr kurz zu schreiben. Ein paar Sätze nur. Ein Text ist es, aus dem Song, den er in der letzten Zeit so häufig gehört hat. Dazu eine flüchtige Erklärung seines Verhaltens.

Sie lauscht dem Regen. Er prasselt auf den Asphalt, lässt die Welt grau erscheinen und nebelhaft. Unwirklich.
Schließlich schließt sie das Fenster. Fast kommt es ihr vor, als wäre er noch hier. Als wäre er nur eben vor die Tür gegangen, um eine Besorgung zu machen.

*Cause nothin' lasts forever.*
*And we both know hearts can change.*
*Ant it's hard to hold a candle.*
*In the cold November Rain.*

,Nichts dauert ewig. Wir beide wissen das. Herzen ändern sich, Gefühle ändern sich.'

Irgendwann hatte sich alles verändert zwischen ihnen. Unmerklich, schleichend. Nun ist nichts mehr geblieben, außer den Schatten und ihrer Einsamkeit.

Noch immer schaut sie hinaus. Es beginnt zu schneien, sanfte Watteflocken wirbeln durcheinander. Plötzlich sieht alles friedlich aus.
„Aber wahrscheinlich nur, weil der Schnee alles überdeckt", denkt sie. „Den Dreck auf

dem Straßenpflaster und das, was man nicht bemerken will, einfach übersieht."

Entschlossen wendet sie sich ab, schaltet die Musikanlage ein. Gitarrenklänge, eine Melodie, dann die Stimme von Axl Rose. ‚November Rain`.

Ihr kommen die Tränen, doch sie hat nicht die Energie, das Gerät auszuschalten oder die CD zu wechseln. Bewegungslos steht sie da, mit hängenden Armen, lauscht der Musik.

*And when your fears subside*
*And shadows still remain*
*I know, that you can love me.*
*When there's no one left to blame*
*So never mind the darkness.*
*We can still find a way.*
*Cause nothing lasts forever,*
*Even cold november rain.*

‚Vielleicht komme ich zurück zu dir und wir finden einen Weg. Vielleicht kannst du mich trotzdem lieben. Nichts ist für immer ...

Wird sich ein Weg finden? Sie lächelt traurig.

„Er hat es sich zu leicht gemacht", denkt sie. „Wir hätten reden können."

Doch eigentlich ist schon lange alles gesagt, das wird ihr plötzlich klar.

Und fast trotzig singt sie die letzten Zeilen des Songs mit.

*Don't ya think, that you need somebody?*
*Don't ya think, that you need someone?*
*Everybody needs somebody.*
*You're not the only one.*

Das Leben könnte schön sein. Doch wie soll man ein Liebeslied schreiben, wenn man die Liebe verloren hat ...

Der zitierte Text ist aus dem Song ,November Rain' der US-amerikanischen Hard Rock-Band Guns N' Roses, das auf dem Album Use Your Illusion I zu finden ist. Geschrieben wurde der Song von dem Sänger und Frontmann der Band Axl Rose.

## Vorbei

Eigentlich weiß sie schon seit einiger Zeit, dass es vorbei ist. Viel zu lange hat sie ihm Gefühle vorgetäuscht, die nicht mehr da sind. Gelächelt, wenn ihr zum Heulen zumute war. Interesse geheuchelt, ihm aber nicht mehr zugehört. Sie hat neben ihm im Bett gelegen, seine Zärtlichkeit erwidert und sich vorgestellt, wie es mit einem Anderen wäre.

Ihre Ehe ist definitiv gescheitert. Sie haben sich auseinandergelebt, das ist ihr völlig klar. Eigentlich ist keiner Schuld daran. Es sind die Umstände. Seit über zwei Jahren ist sie die ganze Woche über unterwegs, führt eine Wochenendehe. Von Anfang an wusste sie, dass das der Beziehung nicht gut tun würde, doch das hat sie in Kauf genommen, für die Karriere, für die gute Bezahlung. Lange wollte sie nicht sehen, dass sie sich immer weiter von ihm entfernte. Hat ignoriert, was auf der Hand lag.

Damit muss endgültig Schluss sein. Sie muss unbedingt mit ihm reden, reinen Tisch machen.

So hat sie sich kurzentschlossen schon am Freitag früh ins Wochenende verabschiedet und ist auf dem Weg nach Hause. Von unterwegs hat sie versucht ihn anzurufen, doch er geht nicht ans Telefon, hat auch das Handy ausgeschaltet. So wird sie ihn überraschen.

Fast zaghaft betritt sie die Wohnung, klappert extra laut mit den Schlüsseln. Er antwortet nicht, ist wohl nicht zu Hause. Sie schnauft durch, ein kurzer Aufschub ist ihr also gewährt. Sie betritt das Wohnzimmer, stutzt. Registriert zwei benutzte Weingläser, eine fast leere Flasche mit Rotwein. Ihre Gedanken überschlagen sich, sollte er etwa ...

Mit klopfendem Herzen öffnet sie die Schlafzimmertür, atmet auf. Das Bett ist perfekt gemacht, sieht fast unbenutzt aus.

Sie geht zurück ins Wohnzimmer, nimmt sich ein sauberes Glas, gießt sich den Rest Wein ein.

Zerstreut hört sie das Telefon klingeln, bleibt sitzen, nippt an ihrem Glas. Der Anrufbeantworter springt an. Die Stimme ihrer besten Freundin lässt sie aufhorchen.

„Hallo Liebster, ich wollte noch einmal

deine Stimme hören, bevor wir uns in die Familienschleife verabschieden. Vielleicht kannst du mich noch zurückrufen, ehe deine Frau nach Hause kommt", dann ein Flüstern. „Schade, ich muss auflegen. Ich liebe dich. Bis Montag."

Sie starrt den Anrufbeantworter an, registriert das Drehen des Schlüssels in der Wohnungstür. Ihr Mann kommt herein, macht einen Witz, lacht. Der Mann ihrer besten Freundin lacht mit. Fröhlich und unbeschwert poltern die beiden ins Wohnzimmer.

Einer Marionette gleich dreht sie sich um.

# Senryu: Verbotene Gefühle

*Seelenverwandt*
Berührte Seelen
ein geteilter Gedanke
jähes Erkennen
Ein kurzes Zögern
bis sie sich ein Herz fassen
ist er verflogen

*Heimlich*
Verabredungen
voller Zweifel, doch entzückt
gestohlene Zeit
Sie nahmen Abschied
voller Traurigkeit, wissend
um den heißen Schmerz

*Masken*
Ich sah dich traurig
du glaubtest nicht an Liebe
konntest nicht geben
Ich verstand dich gut
setzte meine Maske auf
es war nichts passiert

# Ich muss es nur irgendwie aushalten

Wie jeden Morgen schlurfte Wolfgang in die Küche, setzte die Kaffeemaschine in Betrieb, lauscht ihren Blubbergeräuschen, greift automatisch nach seiner Kaffeetasse. Beim Öffnen der Kaffeemilch fabriziert er Spritzer auf dem Tisch, aber das stört ihn nicht. Er wischt sie einfach mit dem Ärmel seines Badmantels ab.

Anschließend nippt er an seinem Kaffee, verzieht angewidert das Gesicht. Zucker fehlt, aber er hat vergessen welchen zu kaufen.

Jetzt eine Zigarette. Wolfgang hat das Päckchen praktischerweise in der Badmanteltasche und das Feuerzeug auch. Mit zitternden Händen zündet er sich eine Zigarette an.

Früher hat er das nicht gemacht. Maria hat ihm immer verboten am Frühstücktisch zu rauchen. „Bitte geh doch auf die Terrasse", hat sie meistens gesagt.

Er hat den Klang ihrer Stimme noch im Ohr. Damals hat er sich über sie geärgert, jetzt würde er sich nur zu gern von ihr maßregeln lassen.

‚Verdammt, wieso hast du dich einfach weggeschlichen', denkt er voller Zorn.

Sofort schämt er sich dafür. Trotzdem kommt immer wieder Wut hoch. Wie konnte sie ihm das nur antun? Sie hatten sich doch unzählige Male zusammen ausgemalt, dass keiner allein zurückbleiben würde. Sie wollten ihr Leben bis zuletzt selbst bestimmen. Zusammen gehen. Und dann ließ sie ihm nicht einmal die Chance sie auf dem letzten Weg zu begleiten.

‚Von wegen Routineoperation. Wenn ich den verdammten Arzt in die Finger kriegen könnte, ich würde ihm das Herz aus der Brust reißen, so wie er es mit mir gemacht hat', denkt Wolfgang und heiße Wut steigt in ihm hoch.

Sein Leben ist mit ihr vorbei. Nur, dass er nicht wirklich tot ist, noch funktioniert er. Seine Finger krallen sich um die Kaffeetasse, die Zigarette lässt er achtlos auf die Tischplatte fallen. Dort glimmt sie weiter vor sich hin.

So sitzt er eine Ewigkeit mit hängendem Kopf da. Tränen tropfen in seine Tasse.

Schließlich strafft er die Schultern, nimmt die Zigarette auf. Sie glimmt nicht mehr, hat einen braunen Fleck auf der Tischplatte hinterlassen. Einer von vielen.

„Scheiß egal", sagt Wolfgang laut und noch einmal „Scheiß egal, dich stört es nicht mehr."

Er schlurft ins Badezimmer: duschen, abtrocknen, rasieren, kämmen. Beim Anziehen kommt ihm in den Sinn, dass der Mensch eine einzige Fehlkonstruktion ist. Warum hat Gott ihm ein Bewusstsein gegeben und manchen Exemplaren Intelligenz und sogar Weisheit? Wenn er den Ausschaltknopf vergessen hat. Wie viel Leid würde so ein Knopf verhindern!

Er hätte ihn längst gedrückt, sofort, nachdem es klar war, dass Maria ihn verlassen hatte. Er hat es versucht, aber es ist ihm nicht gelungen. Egal, wie groß seine Todessehnsucht ist, letztendlich schafft er es nicht, sich das Leben zu nehmen. Nicht einmal dazu hat er die nötige Energie. Seufzend begibt er sich zu seinem Liegesessel. Maria hat ihn ihm geschenkt. Zum 65. Geburtstag, damit der die Rente in Ruhe genießen kann, hatte sie gesagt. Damals hat er sich total darüber gefreut, sie auf seinen Schoß gezogen. Unbekümmert waren sie, hatten gekichert und herumgealbert.

‚Du hast den Raum mit Sonne geflutet, hast jeden Verdruss ins Gegenteil verkehrt'*. Diese Zeile aus einem alten Song kommt ihm in den Sinn.

Maria hat nicht nur einen Raum, sondern sein ganzes Leben hell gemacht. Eben mit Sonne geflutet. Durch ihre Lebenslust und ihre Art, mit den Dingen umzugehen.

Jetzt sitzt er nur noch herum und wartet. Darauf, dass die Zeit vergeht. ‚Wenigstens komme ich mit jeder vergangenen Minute dem Ende etwas näher', denkt er. ‚Ich muss es nur irgendwie aushalten.'

*Gemeint ist der Song „Der Weg" von Herbert Grönemeyer.

## Liebst du mich?

„Liebst du mich?", wispert sie.

„Natürlich", antwortet er mechanisch und fragt sich gleichzeitig ob sie weiß, dass er lügt. Er schaut ihr lächelnd in die Augen. „Warum fragst du?"

Doch eigentlich ist es ein Vorwurf, keine Frage. Er nimmt ihr übel, dass sie ihn in eine Situation bringt, in der er lügen muss.

„Ach, ich weiß es auch nicht", sagt sie leise, schaut unsicher weg, kann seinen Blick nicht erwidern.

‚Sag irgendetwas', denkt er. ‚Dass ich dich nicht genug beachte, dass ich dich schlecht behandle. Gib mir einen Grund, die Wahrheit zu sagen!'

Sie schaut auf, nimmt seine Hand, lächelt entschuldigend. „Sorry, ich bin wohl im Moment empfindlich."

„Das tut mir leid", meint er, doch eigentlich bedauert er, dass er sie nicht mehr lieben kann. Dass er nicht dem Mut aufbringt zu gehen, sie stattdessen gleichgültig und lieblos behandelt. Er kommt sich mies vor, auch das bedauert er.

Sie lehnt sich vor, küsst ihn flüchtig auf

den Mund. „Ich bin froh, dass alles in Ordnung ist."

## Ein Jeglicher

Ein Jeglicher ist seine eigene Art,
kann aus keinem anderen Stoff
beschaffen sein
als aus sich selbst.

Egal ob
Millionär oder Hühnerdieb,
Hollywoodstar oder Laiendarsteller,
Partyluder oder Mauerblümchen.

In Jeglicher lebt sein eigenes Glück,
hat seine eigenen Dämonen
in seiner Dunkelheit um sich.

So ist ein Jeglicher für sich
der Klügste und Dümmste,
der Rechtschaffenste und Gerissenste,
der Einsamste und irgendwann der Toteste.

Ein Jeglicher dreht sich
In seinem eigenen Kosmos um sich selbst.

## Krieg und Frieden

Er schlief, so wie immer. Seine Nachttisch-
lampe hatte er angelassen, das Buch ‚Krieg
und Frieden' lag auf seiner graubehaarten
Brust, bewegte sich mit seinen Atemzügen
auf und ab.

Dieses Buch las er schon seit Monaten,
schlief immer nach zwei Seiten ein.
Manchmal blätterte sie, wenn sie ihm den
Wälzer sanft aus der Hand genommen hatte, ein paar Seiten zurück und legte dann
das Lesezeichen hinein. Er merkte es nie.

Sie betrachtete ihn. Sein Kopf, auf dem die
wenigen verbliebenen Haare wirr abstan-
den, war zur Seite weggekippt, der Mund
stand halb offen. Er erinnerte sie auf fatale
Weise an einen Marabu.

Sie gab sich ihren Fantasien hin. Wenn sie
nun den dicken Wälzer nähme und ihn damit erschlüge?

Sie wog das Buch probeweise in den Händen, hob es an, schätzte das Gewicht. Dies
war wirklich schwere Literatur, ein fester
Hieb mitten auf den Kopf würde reichen
um ihn für immer schlafen zu lassen.

Ein sehr verlockender Gedanke, der sie für einen Moment schwach werden ließ. Sie stemmte den Roman über ihren Kopf, hielt jedoch mitten in der Bewegung inne.

Bedenken machten sich breit: Wie sollte man die Todesursache ‚Schädelbruch durch Tolstoi' begründen.

Bewegungslos blieb sie stehen, das Buch immer noch in den Händen. Dachte an die guten Tage die sie miteinander gehabt hatten: An sein Werben um sie, die sich damals spröde gab. An den Privatflug nach Rom, um dort einen Teller Spaghetti zu essen, von denen er behauptete, dass sie die Besten Italiens wären. Daran, dass er für sie eine Safari in Tansania umleitete. Einfach so, weil sie den Kilimandscharo von nahem betrachten wollte. Als sie auf einer Weltreise bestand dauerte es keine Woche und sie saß im Flieger. Wollt sie neue Sex Techniken ausprobieren, so besorgte er das nötige Equipment.

Was immer sie begehrte – er besorgte es ihr. Wenn sie überhaupt jemanden geliebt hatte, dann ihn.

Sie schreckte aus ihrem Tagtraum auf. Der Rücken schmerzte, die Arme waren ihr eingeschlafen. Der attraktive Mann ihrer Träume war verschwunden, hatte sich wieder in den Greis verwandelt, der jeden Tag die gleichen Seiten eines verstaubten Buches las.

Noch einmal hob sie den dicken Tolstoi hoch über den Kopf, achtete nicht auf ihre kribbelnden Arme. Das Lesezeichen flatterte sanft heraus. Es war noch an der gleichen Seite eingesteckt wie am vorhergehenden Tag.

Sie spannte die Muskeln an, war plötzlich wild entschlossen ‚Krieg und Frieden' für immer über ihr Schicksal entscheiden lassen.

Da fing er an zu schnarchen, sanft erst, dann immer lauter. Seine Nasenhaare vibrierten im Takt.

Einen Augenblick schaute sie gebannt auf dieses Schauspiel, dann legte sie das Buch mit einem bedauernden lächeln auf den Nachttisch

...morgen vielleicht...

# *Bild von dir*

Ich liebt einst ein Bild von dir
hab lange nicht gesehen,
was deutlich mir vor Augen stand,
wie konnte das geschehen?

Ich liebte einst ein Bild von dir,
hab schmerzvoll jetzt erkannt,
wie schnell die Illusion vergeht,
wenn Wahrheit sie genannt.

Ich liebte einst ein Bild von dir
und sehe endlich klar,
dass der, der du in Wahrheit bist
für mich nicht liebenswert mehr ist.

Ich liebte einst ein Bild von dir,
wollt immer mit dir fliegen,
die Landung, sie war hammerhart,
von nun an lass ich's liegen.

# Der Irrtum

„Du meine Güte, meinst du die Kiste schafft es tatsächlich den Berg hoch?", fragte sie mit einem bemühten Lächeln.

Er konzentrierte sich weiter auf die enge Straße, die sich Serpentinen nach oben wandte. „Je älter man wird, desto weniger spielt das Alter eine Rolle. Ich mag dieses Auto. Es hängen Erinnerungen daran."

Sie zog die Augenbrauen hoch. „Deine Erinnerungen, ja, allerdings."

Er zuckte mit den Schultern. „Wir haben beide eine Vergangenheit, das ist nun mal so."

„Na ja, wir hätten auch meinen Wagen nehmen können. Wenn du mir etwas mehr Zeit gelassen hättest, dann hätte ich die Winterreifen schnell noch aufziehen lassen." Sie fuhr ihm durchs Haar, kraulte seinen Nacken.

„Die Idee zu diesem Urlaub ist mir halt spontan gekommen und dann wollte ich auch schnellstens los, Kleines. Du, auf dem Rücksitz liegt die Karte. Schau doch mal bitte nach."

Entsetzt schaute sie ihn an. „Hast du denn

kein Navi?"

„Nein. Diese Tour wollte ich so machen."

Wieder traf ihn ein Blick unter zusammengezogenen Augenbrauen. „Wie soll ich das verstehen?"

„Na ja, früher ging das auch ohne elektronisches Equipment und wir sind genauso gut angekommen. Übrigens ist deine Stimme viel charmanter, als die des Navis." Er legte die Hand auf ihr Knie. „Sei so lieb, bitte."

Sie tastete unwillig auf dem Rücksitz herum, fand die Karte. „Früher wurde Feuer auch durch Feuerstein und Zunder erzeugt", murmelte sie dabei.

Was ihn dazu brachte laut aufzulachen. „Also so alt bin ich jetzt aber auch nicht." Seine Hand fuhr unter ihren Rocksaum, strich über die Innenseite ihres Oberschenkels „In manchen Fällen wird Wärme immer noch durch Reibung erzeugt. Was das anbelangt, spielen die zehn Jahre Altersunterschied zwischen uns keine Rolle, oder?" Er hielt mit dem Streicheln inne, riskierte einen Seitenblick. „Ich mag dich sehr, obwohl wir uns noch nicht lange kennen. Ich hätte nicht gedacht, dass ..."

Sie schlug ihm leicht auf die Finger. „Schau auf die Fahrbahn und behalt die Hände lieber am Lenker. Sonst fährst du uns noch gegen die Böschung oder in den Abgrund." Sie zupfte sich den Rock wieder zurecht, schwieg einen Moment nachdenklich. „Du kennst die Gegend gut, nicht wahr? Du warst wohl früher schon hier, öfter wahrscheinlich."

„Ja, das habe ich dir doch erzählt und du warst von der Idee zusammen zur Berghütte zu fahren begeistert, wenn ich mich richtig erinnere."

Wieder kraulte sie seinen Nacken. „Schon. Weil du so begeistert geklungen hast und weil ich dich ganz für mich allein haben wollte, ohne Verpflichtungen und Familie. Aber nun fahren wir in dieser alten Kiste zu der Hütte und wahrscheinlich schwelgst du in Erinnerungen an sie."

Er seufzte. „Sie ist tot, du musst nicht eifersüchtig sein. Wir wollen doch ein paar schöne Tage miteinander verbringen."

„Ich bin gar nicht eifersüchtig", sagte sie, lehnte sich zurück, verschränkte die Arme vor der Brust und presste ihre Lippen aufeinander. „Hat sie dir immer gesagt wo es lang geht oder wieso hast du kein Navi?"

„Bitte hör jetzt auf. Sag mir lieber, wie es weitergeht, schließlich hast du die Karte."

Sie drehte sich zu Seitenfenster. „Guck doch selbst nach."

Er schüttelte den Kopf, hielt dann an und nahm die Karte, während sie ausstieg. Klare, kühle Bergluft drang ins Auto, ließ ihn tief Atem holen.

„Verdammt, ist das kalt!" Sie hatte sich eine Zigarette angezündet, trippelte von einem Bein auf das andere, schlug den Kragen ihrer dünnen Jacke hoch.

Es musterte sie für einen Augenblick. Hochhackige Pumps, ein tief ausgeschnittenes Oberteil, ein kurzer Rock.

„Ich hoffe du hast an wintertaugliche Kleidung gedacht", rief er ihr zu.

Sie lachte kehlig auf. „Wozu das denn? Ich habe nicht vor, mich dieser Kälte auszusetzen. Du hast doch gesagt, dass die Hütte einen offenen Kamin hat, da benötige ich gar keine Klamotten."

Sie warf die Zigarettenkippe in den Schnee, stieg wieder ein, drückte ihren Mund auf den seinen und flüsterte: „Na gut, Wäsche vielleicht, die du mir dann ausziehen kannst." Dann räkelte sie sich lasziv in ihrem Sitz, fuhr sich mit der Hand von der Kehle aus bis tief in den Ausschnitt. „Ich habe dir etwas mitgebracht", kicherte sie und kramte aus ihrer Handtasche etwas hervor.

Er wandte sich ab, schloss kurz die Augen, dachte an die CD's mit klassischer Musik, die er mit ihr hören wollte, während sie zärtlich miteinander waren, an Rotwein, romantische Abende vor dem Kamin, die er sich ausgemalt hatte. An einen frühen Spaziergang zur Alm hinauf und eine ausgelassene Schneeballschlacht.

Ihre Stimme holte ihn aus seinen Gedanken. „Was ist los mit dir? Jetzt findest du den Weg doch nicht, was?"

Er wandte sich ihr zu, bemerkte, dass ihr Atem nach kaltem Zigarettenrauch roch. Sie redete weiter. "Schau nicht so schockiert, wegen der Handschellen. Man muss der Liebe immer wieder einen neuen Reiz bieten, sonst nutzt sie sich ab."

„Liebe?", murmelte er, öffnete die Tür, stieg aus dem Auto. Inzwischen war der Mond aufgegangen, stand voll und wolkenverhangen am Himmel. Der Schnee

dämpfte die Geräusche aus dem Tal, ver-
hieß Frieden und Ruhe.

„Was soll das denn? Lass uns endlich wei-
terfahren, mir ist saukalt."

Langsam stieg er ein, startete den Wagen
und legte den Rückwärtsgang ein.

## Wärme

Du dachtest wohl,
dass ich eingeschlafen wäre.
Legtest eine Decke über meine Schultern.
So fürsorglich und so vorsichtig.
Du umhülltest, wärmtest mich
mit dieser Geste.

## Seide auf der Haut

Sie steht auf dem Balkon des Hotels und blickt verträumt auf die Lichter der Stadt. Unter ihr glitzert und glimmert das schnurgerade Band der Avenue, umgeben von einem Geflecht kleinerer, weniger erleuchteter Straßen. Bunte Leuchtreklamen flirren an den Fassaden der prachtvollen alten Häuser. Das alles kommt ihr sehr romantisch vor. Hier oben weht ein angenehmer Wind. Sie öffnet ihren seidenen Mantel, lässt sich von der warmen Brise umschmeicheln.

Sie hebt die Flasche an. Ja, für ein Glas ist noch genug Champagner vorhanden. Vorsichtig schüttet sie die perlende Köstlichkeit in den Kelch. Der Augenblick scheint ihr perfekt, doch es fehlt noch etwas. Genussvoll zündet sie sich eine Zigarette an, atmet den Rauch ein, denkt an die letzten Tage.

*Das Geld war ihr schneller ausgegangen, als sie es gedacht hatte. Doch das war egal, sie hatte alles gehabt, das ganze Programm.*

Einen traumhaften Flug in die Stadt der Liebe. Ihr Premiere in der First Class: eine Einzelkabine mit Ledersitzen und Edelholzvertäfelung, dazu ein Service vom Feinsten. Der Flug hätte von ihr aus ewig dauern können.

In Paris ließ sie sich in einem Taxi zum Place de la Concorde fahren, denn sie hatte eine Suite im Hotel de Crillon gebucht. Sie ließ sich Austern aufs Zimmer servieren, natürlich mit Champagner.

Nach diesem Genuss zündete sie sich eine Zigarette an. Die erste seit Jahren, aber was wäre Paris ohne Gauloises.

Später machte sie einen kleinen Einkaufsbummel durch das Kaufhaus Galeries Lafayette, hier erstand sie zum ersten Mal in ihrem Leben hauchzarte Seidenwäsche, einen seidenen Morgenmantel. Sie ließ den Stoff durch ihre Finger gleiten, schloss die Augen, genoss das Gefühl von kühler Glätte und anschmiegsamer Sinnlichkeit.

Zurück im Hotel nahm sie ein ausgiebiges Bad. Anschließend ließ sie sich verwöhnen: Massage, Maniküre, Pediküre, eine Gesichtsbehandlung mit anschließender Kosmetik und ein neuer Haarschnitt. Ihr *letztes Geld ging für das üppige Trinkgeld drauf, doch das war es ihr wert. Jetzt konnte es geschehen.*

Die Zigarette ist zu Ende geraucht, sie drückt sie auf der Brüstung aus. Noch ein letzter Schluck Champagner, dann ist der richtige Augenblick gekommen.
„Maximal ein halbes Jahr", murmelt sie. Diese Entscheidung wird sie nicht hinnehmen, wird nicht vor sich hin siechen, zu schwach sein, um den letzten Schritt zu machen.
Die Seide umschmeichelt sie zärtlich, sanft, während sie über die Brüstung kippt.

# Freiheit

Wie so oft steht er am Fenster, träumt vor sich hin.

Sieht sich, wie er die Straße hinunterläuft, den Tornister auf dem Rücken, einen Stein vor sich her kickend. In Gedanken schon im Versteck, dort wo er und sein Kumpel eine Bude gebaut haben. Nur noch ein paar Monate, dann sind Ferien – er kann die Freiheit schon spüren.

Ein anderes Mal sieht er, wie der schwarze Golf neben ihm bremst. Mit quietschenden Bremsen. Sein Kumpel öffnet die Beifahrertür, fordert ihn auf einzusteigen. Er schlägt die Tür energisch zu, er muss für Mathe lernen. Nur noch ein paar Monate und er hat das Abitur in der Tasche – er kann die Freiheit schon spüren.

Oft steht er am Fenster, träumt vor sich hin. Er lässt sich von den Gitterstäben nicht irritieren. Noch ein halbes Jahr – er kann die Freiheit schon spüren ...

# *Vielleicht ... irgendwann*

Ich stelle den Wecker
auf viertel vor acht,
denn um diese Zeit
bist du stets aufgewacht.

Ich lasse die Fotos
von dir einfach stehen.
Vielleicht nur ein Weilchen,
das muss keiner verstehen.

Ich will deinen Namen
auf dem Schild an der Tür,
tu als wären wir zusammen,
als wohntest du hier.

Ich mach einfach weiter
als wär gar nichts geschehen,
so als wärst du nur gerade
mal die Milch holen gehen.

Ich sehe deine Fotos,
du lächelst mich an.
Ich werd' dich vergessen,
vielleicht, irgendwann.

# Schreiben sie einen Ratgeber

„Warum keinen Ratgeber", sagte mein Verleger jovial und legte mir väterlich die Hand auf die Schulter. „Allerdings gibt es schon eine Menge davon. Sie müssen etwas Neues, Kreatives bringen. Etwas, dass die Leute anspricht. Lassen Sie sich etwas einfallen. Haben Sie eine spontane Idee?"
Mit Mühe ließ ich seine Hand auf meiner Schulter liegen, schließlich brauchte ich den Auftrag dringend.
Mein letztes Buch ‚Geschichte einer Scheidung' war nicht sehr erfolgreich gewesen, um es gelinde auszudrücken.
„Na ja, Scheidungen in Romanform sind wohl im Moment nicht in", sinnierte ich.
„Vielleicht müsste ich das Thema in einer anderen Form bringen. Wie wäre es mit: Scheidungsschmerz wie weggeblasen, ein Ratgeber für die Frau?"
„Hi, hi, Sie sind witzig. Wie weggeblasen", kicherte mein Verlegen um unvermittelt ernst zu werden. „Das Thema Scheidung ist abgenudelt. Und der Titel, das

geht gar nicht. Wissen sie denn überhaupt nicht, dass die meisten Leute bei langen Worten nur den ersten und den letzten Buchstaben lesen und sich das Mittelstück zusammenreimen? Was soll dabei herauskommen? Statt Scheidungsschmerz Scheidenpilz, oder was?"

Er stockte und schaute mich nachdenklich an. „Vielleicht sollten Sie einen Ratgeber darüber schreiben. Das ist in immer aktuelles Thema!"

„Nein", rief ich panisch aus. „Und überhaupt, darüber recherchieren die Leute heimlich im Internet. Die kaufen doch keine Ratgeber zum Thema ... äh ... Gesundheit ... untenrum ..." Ich stockte und war froh, dass mir dieses wirklich gute Argument eingefallen war.

Plötzlich hatte ich eine Eingebung. „Wie wäre es damit: Ich bin ein Star - wie kann ich unerkannt shoppen gehen."

Der Verleger runzelte die Stirn. „Ansatz gut, interessiert. Aber schwach formuliert. Eher: Reich, schön und sexy - was nun."

Ich nickte heftig, versuchte sehr anerkennend zu gucken. „Das kann ich Ihnen machen, wirklich. Ich bin schnell und effizient."

„So, so, sie können es mir machen, schnell und auch noch effizient? Und sie wollen mir Spesen für die Feldforschung aus dem Kreuz leiern, was", grinste er höhnisch. Dieser Mann dachte wirklich unappetitlich.

„Na, ja", wisperte ich, „wie soll das ohne die nötigen Mittel gehen, ich muss ja schließlich nah am Objekt sein."

Immer noch grinsend griff er in seine Schreibtischschublade. „Ich hätte hier etwas. Das ist die beste Unterstützung für Sie. Ich hab's selbst geschrieben."

Mit Bestürzung las ich den Titel des Ratgebers, den er vor mir abgelegt hatte: ‚London-Paris-Hollywood - effektiv reisen ohne einen Cent in der Tasche".

## Ottokar

So komm schon her, mein Ottokar,
wir machen es, wie jedes Jahr.
Was ist denn los, was zierst du dich?
Denn schließlich ist es deine Pflicht!
Erzähl mir nicht du machst es später
und höre auf mit dem Gezeter.

Pyjama aus, komm etwas näher,
du bist doch sonst ein Frau'nversteher.
Na endlich, noch ein bisschen mehr,
Oh Himmel, das gefällt mir sehr.
Mein wilder Hengst, wie bist du toll,
bin nicht allein des Lobes voll.

Noch etwas links, dann weiter vorn,
mein Ritter mit dem heißen Sporn.
So ist's perfekt, nun streng dich an,
wozu bist du mein Ehemann.
Ja was, wie sollst du weitermachen?
Was fragst du mich, es ist zum Lachen!

Doch ach, was soll das bitte sein?
Was groß war wird ganz plötzlich klein!
Was ist denn das? Ein Mückenstich?
Herrje, jetzt wirst du zimperlich!

Er war wie meistens sehr bemüht,
doch leider kam er dann verfrüht.

Doch so kommst du mir nicht davon,
heut' machen wir nen Marathon!
Da hilft kein Jammern und kein Stöhnen,
ich werde ich sogleich verwöhnen,
dass dir das Seh'n und Hör'n vergeht,
nicht nur das Haar zu Berge steht…

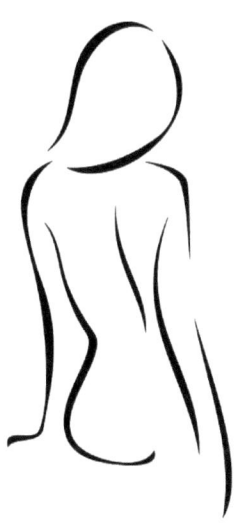

## Unerwarteter Besuch

Ich stand gerade unter der Dusche und ließ den wohlig warmen Wasserstrahl auf meinen Kopf und weiter auf meinen Körper prasseln, als ich eine Bewegung wahrnahm. Ein unbestimmter Schatten huschte an der gläsernen Badezimmertür vorbei. Ich bekam einen gehörigen Schreck und erwog laut um Hilfe zu schreien.

Rechtzeitig fiel mir ein, dass ich ganz allein im Haus war. Um Hilfe zu rufen war also wenig sinnvoll. Im Gegenteil würde ich den unbefugten Eindringling nur gegen mich aufbringen.

Ich beschloss erst einmal nichts zu sagen und mich unbemerkt aus der Dusche zu schleichen. Dann konnte ich versuchen die Polizei anzurufen. Natürlich nicht vom normalen Apparat, der stand im hell erleuchteten Wohnzimmer. Das ging also schon mal nicht, aus begreiflichen Gründen. Also musste ich an mein Handy kommen, dass sich wie immer im hintersten Regal in der Küche befand.

Es rumpelte verdächtig, der Schatten war wohl über irgendetwas gestolpert. Bestimmt handelte es sich um einen Einbrecher, der noch nicht bemerkt hatte, dass ich zu Hause war und splitterfasernackt unter der Dusche stand.

Moment - ich war nackt!

Das kam gar nicht gut. Hastig, doch leise, stellte ich die Dusche ab und griff zu meinem großen Badehandtuch.

Als ich mich so gut wie möglich eingewickelt hatte, öffnete ich vorsichtig die Duschtür.

‚Nur jetzt kein Knarzen oder Quieken', betete ich stumm. Tatsächlich wurde ich erhört. Die Tür öffnete sich erstaunlich geräuschlos. Ich setzte erst einen Fuß aus der Dusche, denn den anderen.

Da stand er und musterte mich stumm von oben bis unten. Ich brachte keinen Ton heraus, war ganz starr vor Schreck. Plötzlich regte er sich, wies mit dem ausgestreckten Zeigefinger auf mich.

„Du, komm mit", raunte er mit einer seltsam hohlen Stimme.

„Was ist? Sofort? So?" Ich machte eine Handbewegung und das Handtuch rutsche. Verzweifelt versuchte ich es zu packen, was ein hoffnungsloses Unterfangen war. Das Badehandtuch fiel auf den Boden. Nun bot sich ihm der ungehinderte Blick.

Er fixierte mich weiter, zeigte keine Regung. Das ärgerte mich. Schließlich sah er hier einen sportlich gestählten, knackig braunen Körper ohne wesentliche Rollen und Fettpolster. Mit Rundungen an den richtigen Stellen.

Langsam hob ich das Handtuch auf, wickelte es locker um meinen Körper. Das musste ihm einfach gefallen, doch er rührte sich nicht, sondern guckte mich einfach weiter emotionslos an. Das ärgerte mich noch mehr. Ich fuhr mir mit den Händen über die Hüften, leckte mir lasziv die Lippen.

„Darf ich mich wenigstens anziehen, bevor ich mit dir gehe? Du kannst auch ruhig mit ins Schlafzimmer kommen", sagte ich provokant.

„No Deal! Anziehen ist auch nicht nötig", sagte der Sensemann und griff nach mir.

# Rund ums Schottenröckchen

Wie oft hab' ich mich das gefragt
doch niemand hat es mir gesagt,
was Schotten unter'm Röckchen tragen.
Hier liegt mein Wissen arg im Argen.
Ich taste vorsichtig mich vor,
bin bei dem kleinsten Tipp ganz Ohr.


Man sagte, Boxershorts sind out,
der Schotte ruft nach Feinripp laut.
Auch Tangas, mit nem String am Po,
machen manchen Scotsman froh.
Und wer sich das nicht leisten kann,
legt sich das selbst Gestrickte an.

Ob es wohl stimmt, was man erzählt,
dass sich so mancher Schotte stählt,
dem Wind und Wetter trotzig trotzt
und nicht über die Kälte motzt.
Ich hab's gegoogelt und dort steht,
der Härteste ganz ohne geht.

„Oh nein", sagt Angies Feingefühl,
„die Herr'n aus Schottland haben Stil.
An dieser Info ist nichts dran,
denn - sie wissen, wie es baumeln kann.
Guck lieber gar nicht hin, mein Kind,
sonst wirst am Ende du noch blind!"


Doch lässt die Frage keine Ruh,
des Nachts krieg ich kein Auge zu.
So werde ich es doch wohl wagen
und einen Schotten direkt fragen,
wie er es mit dem Höschen macht,
aus Freude an der Wissenschaft!

## Nicht mehr allein

Du kuschelst dich an mich, schmiegst dich in meinen Arm. Ich bin froh, dass du neben mir bist, Ruhe vermittelst. Wie oft habe ich allein hier gelegen, konnte vor Einsamkeit und Kummer nicht einschlafen. Konnte nicht abschalten und sehnte mich nach Gesellschaft.

Keiner der mir zuhört so wie du. Geduldig, abwartend, immer ein offenes Ohr und ein treuer Blick. Der intuitiv merkt, wenn es mir nicht gut geht. Der mich tröstet, so gut er kann. Der fast immer meiner Meinung ist.

Zugegeben, zuerst habe ich mich dagegen gesträubt, dich bei mir schlafen zu lassen. Doch du warst beharrlich, hast darauf bestanden. So habe ich dich seufzend in mein Bett gelassen, nun um festzustellen, dass ich mit dir zusammen besser schlafen kann.

Du wirst unruhig, wer weiß, wovon du gerade träumst. Vorsichtig, um dich nicht zu wecken, streichle ich deinen Kopf. Du scheinst das zu merken, denn du rückst ein wenig näher. Fast zu nah. Doch das ist in

Ordnung, es ist schön, dass es dich gibt, dass ich dich gefunden habe. Das wir uns umeinander kümmern.

Schon ist dein Schlaf wieder ruhig und du bist ganz entspannt. Es wird alles so friedlich und langsam gleite auch ich in meine eigene Traumwelt …

Ein Zug donnert an mir vorbei. Noch halb im Traum wundere ich mich wie der wohl ins Schlafzimmer gekommen ist. Und wieso fühlt sich mein Ohr so feucht an? Zögernd lasse ich den Traum los, werde ganz wach. Mein Ohr ist tatsächlich nass, denn du hast deine Nase direkt davor liegen, schnarchst und sabberst vor dich hin. Ich gebe dir einen Schups. „Raus aus dem Bett, jetzt ist aber Schluss damit. Heute Nacht schläfst du nicht mehr hier!"

Mein Dackelmädchen schnauft entrüstet durch die Nase, hopst aus dem Bett und marschiert zu seinem Körbchen. Dort zupft es sich die Decke zurecht und macht es sich bequem. Bevor es einschläft, guckt es mich richtig sauer an. Ich wette es hat mir gesagt, dass ich nicht in seinem Körbchen schlafen darf, da kann ich noch so betteln!

Aber morgen, da werden wir wohl wieder zusammen einschlafen.

## Vom Abschalten und Down liegen

Heute schalte ich ab.
Laufe nicht auf Stand-by
oder auf Sparflamme,
zieh den Stecker
und werfe den Anker.
Heute spanne ich ent.
Setzte meinen Organizer
am Straßenrand aus.
Verzettele mich,
habe Zeit für Firlefanz.
Heute liege ich down,
mit baumelnder Seele
in meiner Hängematte.
Habe ein rien ne va plus
im Kopf.
Heute habe ich geschlossen,
bin deaktiviert.
Willst du mir Gesellschaft leisten?

## Unschuldslämmer

Wer kennt sie nicht: die Unschuldigen, die es nie gewesen sind. Immer adrett und nett schauen sie dich mit großen Kulleraugen an, lispeln hilflos: „Ich war das nicht!", und sie suggerieren: „Können diese Augen lügen?" Prompt hast du ein schlechtes Gewissen, obwohl du doch ganz genau weißt, dass sie durchaus lügen können, die Unschuldsaugen.

Schon in der Schulzeit waren sie es, die immer die besseren Karten hatten, denn ihnen wurde geglaubt. Da konnten wir Anderen ruhig unsere Unschuld beteuern, gegen sie kamen wir niemals an. Sie störten den Unterricht, machten den Blödsinn, wir bekamen die Strafe.

Das zog sich wie ein roter Faden durch unsere Kindheit und besonders gestraft waren diejenigen, die mit einem solchen Geschwister zu kämpfen hatten.

Kaum waren die Kindheit und alle Irrungen der jungen Liebe überstanden fanden wir uns auf dem Spielplatz wieder.

Unser Nachwuchs buk Kuchen und wir

schauten ihm wohlwollend dabei zu, insgeheim davon überzeugt, dass unser Sprössling zu Höherem geboren war. Schuf doch gerade er die genialsten Tortenkunstwerke aus Sand.

Doch sein Schaffensdrang wurde abrupt beendet, denn fast immer näherte sich ein Sandkastenrüpel und zertrat das Wunderwerk der kindlichen Fantasie. Natürlich brüllte der Tortenbäcker jedes Mal wie am Spieß, worauf wir uns vor Entrüstung bebend dem Tatort näherten.

Und was tat das zerstörerische Monster? Es mutierte plötzlich zu einem süßen kleinen Engel. Lächelte uns selig an und lispelte: „Ich war das nicht!"

Auch die Mutter des Mutanten mischte sich ein. „Schätzchen hilfst du dem Kleinen mal, einen schönen Kuchen zu backen? Er kann das allein noch nicht", und in unsere Richtung: „Sascha ist so hilfsbereit, er zeigt ihrem Kind gern, wie das geht."

Schon war der Wind aus den Segeln, wir setzen uns wieder auf die Bank, beäugen den Sandkastenrüpel mit misstrauischem Blick.

Inzwischen sitze ich nicht mehr am Sandkasten. Die Kinder basteln an ihrer Karriere herum, haben es zuweilen immer noch mit Rüpeln zu tun, aber damit kommen sie allein klar.

Ich habe stattdessen einen kleinen Hund, den ich betuddeln kann. Ein wirklich liebes Tier, vertrauensselig und verschmust. Doch beim täglichen Spaziergang treffen wir immer wieder einmal auf merkwürdig aggressive Hunde. Sie knurren, zerren an der Leine und verschrecken meinen Kleinen zutiefst.

Und was sagen die Besitzer dieser Bestien: „Ach, der tut ja gar nichts", wobei sie lächeln und ganz unschuldig gucken.

Nein, ich kann es nicht verstehen, denn mein kleiner Liebling würde nie einen Streit anfangen, und wenn es doch zu Konflikten kommt, so sind wir ganz bestimmt nicht daran schuld, denn:

„Wir waren das nicht!"

## *Hallo, Mister Alibert*

Das ist wohl ein Versehen!
Schau müde in den Spiegel rein
und bin nicht mehr zu sehen!
Die Perle, die mich hier fixiert,
(und krass aus roten Augen stiert)
hat mich ganz schrecklich irritiert:


Mit Augenringen Größe Zehn,
die fast bis zu den Ohren gehen.
Die Oberlippe kräuselt sich.
Die Lippen sind ein dünner Strich
mit Merkelkerben um den Mund.
Herrje, was guckt die ungesund!


Die Faltenstirn schlägt Riesenwellen,
man könnte sich glatt darunter stellen.
Das Kinn, es will sich hängen lassen,
Nein, wirklich, ich kann es nicht fassen.
Jetzt lösch' ich kurzerhand das Licht,
dann siehst du ein - das bin ich nicht.

Halt - plötzlich kommt mir die Idee,
wie ich mich schnellstens wieder seh'.
Bevor ich auf die Wage steige
im Anschluss dann Zerknirschtheit zeige,
fahr ich bei Fielmann gleich vorbei,
die Kosten sind mir einerlei.

Ich hol' mir Würde, Ego, Glück
und's alte Sehgerät zurück!

## Natürlich schwanger

Jenny hat es geahnt. Zwei Streifen, das bedeutet, dass sie schwanger ist. Nur dumm, dass sie es nicht sofort ihrem Mann sagen kann. Der ist auf einen Seminar. Wenn sie ihn jetzt anruft, dann bringt er es fertig, alles hinzuwerfen und sofort nach Hause zu kommen. Aber irgendjemandem muss sie das freudige Ereignis mitteilen. Doch wozu hat man beste Freundinnen. Kerstin muss ihr bei allem was ihr heilig ist schwören, nichts weiter zu erzählen.

„Nein, ganz bestimmt nicht", erklärt Karin eifrig.

Kaum hat sie aufgelegt, nimmt sie den Hörer wieder ab. „Stell dir vor, Jenny hat schon Schwangerschaftsstreifen", erzählt sie ihrer Schwester. Die Schwester erzählt das ihrer besten Freundin, die es ihrer Cousine erzählt. Wer kennt es nicht, das Schneeballprinzip. Ein paar Tage später ist Jenny gerüchtetechnisch kurz vor der Entbindung von Zwillingen.

Ihr Mann kommt nach Hause, das Seminar ist zu Ende.

„Ich muss dir etwas sagen", strahlt Jenny, da klingelt es an der Wohnungstür. Der Postbote bringt ein großes Paket von den besten Freunden aus Bayern. Drin sind zwei Spieluhren, zwei Strampler in dezenten Farben. Dabei ist eine Karte:

‚Herzlichen Glückwunsch zur Geburt Eurer Zwillinge. Wir haben nicht herausgefunden, ob's Jungen oder Mädchen sind oder vielleicht beides? Deshalb die Strampler farblich für Junge und Mädchen. Wann können wir vorbeikommen und den Nachwuchs anschauen?'

## Buchstabensalat

Es war einmal ein Ypsilon,
das konnt' vor Kummer weinen,
denn seine Liebe ganz und gar
gehörte nur dem Einen.
Dem unvergleichlich schönen Beh,
so rund und wohlgestaltet.
Dem Ypsilon tat's Herze weh,
sein Kummer still verhallte.


Das Ix sprach: „Schau mal neben dich,
ich warte schon so lange!
Mir ist heut' richtig kuschelig
schmieg dich an meine Wange."
Doch mochte sich das Ypsilon
für's Ix nicht recht erwärmen.
Es schob den Nachbarn schnöd' davon,
um dann vom Beh zu schwärmen.


Das Ganze wurd' dem Zett zu dumm,
es schubst das Ah sehr heftig
und rief: „Was stehst du hier herum?
Hau' doch das Beh mal kräftig!"

Das Ah erschrak,
sprang vor das Beh,
und streift das Ceh,
erwischt das Deh!
Das Resultat? - Buchstabensalat!

## Sex mit 13

„Komm noch mal her, näher. Ich hab's mir gedacht! Du hast geraucht!"

„Nein, Mama."

„Und warum riechst du dann nach Qualm?"

„Och, das ist, weil ich mit Ann-Kristin geknutscht habe. Sie raucht."

„Du hast WAS???"

„Geknutscht, mit Ann-Kristin. Mama, das ist peinlich."

„Das ist mir egal! Du bist 13."

„Ich weiß, wie alt ich bin!"

„Ann-Kristin ist 16!"

„Sie steht auf jüngere Männer, sagt sie. Und sie sagt noch, dass mein Name nicht zu mir passt. Sie findet ihn unmännlich. Wie konntet ihr mich auch so bescheuert nennen!"

„Dein Name ist in Ordnung. Jetzt lenk mal nicht ab, mein Junge."

„Weißt du überhaupt, wann Felix zum ersten Mal geknutscht hat und mit wem?"

„Was dein Bruder gemacht hat, interessiert mich im Moment nicht. Wahrscheinlich hat er auch mit Ann-Kristin … Echt? Na ja, wenigstens passt das mit dem Alter."

„Das ist keine Frage des Alters, sondern der Reife. Das kannst du überall nachlesen. Ich habe das gegoogelt."

„So, so. Was genau hast du nachgelesen?"

„Gib mal Sex mit 13 ein, Mama. Du glaubst nicht, was da alles steht."

„Okay, ich werde mit deinem Vater über ein Computerverbot reden müssen."

„Echt jetzt, Mama, du bist so altmodisch und peinlich ist das auch alles."

„Ja gut, dann bin ich eben altmodisch und peinlich noch dazu. Das reicht, ich brauche erst mal ne Zigarette. Mist, die Packung ist leer."

„Warte, hier sind sie ja. Ich gebe heute einen aus. Übrigens kannst du ganz beruhigt sein, ich rauche schon seit zwei Jahren nicht mehr auf Lunge."

„…"

# Traummann
(aber ohne Ton)

Ein jeder Blick ein kleiner Flirt,
du meinst, dass dir die Welt gehört.
die Gesten wie aus Hollywood,
man sagt, du hättest blaues Blut.

Die Mähne wie dahingestellt,
sodass es gleich ins Auge fällt.
Dein Duft erfüllt den ganzen Raum,
du bist ein Kerl so wie ein Traum.

Der Blick sehr männlich und markant
wär' dir zum Nordpol nachgerannt.
Und in so mancher langen Nacht,
da hab' ich nur an dich gedacht.

Ich wollte fast schon für dich sterben
und dir mein kleines Herz vererben.
Doch leider hab' ich was gefragt.
Ach, hätt'st du besser nichts gesagt.

Ach, hätt' ich dir den Ton gekappt.
So hat es nicht mit uns geklappt.
Du bist halt nicht der Hellste und
beim nächsten Date halt bloß den Mund.

## Immer diese Ausländer

„Immer diese Hetzerei, nie kann man in Ruhe zu Mittag essen!" Leise vor sich hin schimpfend betrat Petra das Selbstbedienungsrestaurant und reihte sich in die Schlange der hungrigen – eiligen Mittagspausierenden ein.

Wie so oft hatte sie im letzten Augenblick noch einen ganz dringenden Auftrag bekommen, sodass für die Mittagspause eigentlich gar keine Zeit blieb.

Endlich kam die Reihe an sie. „Eine Gulaschsuppe mit Brötchen bitte!"

Na wenigstens das war geschafft. Suchend schaute sich Petra nach einem Sitzplatz um.

Dort hinten sah es doch recht gemütlich aus. Schnell an den Tisch und erst einmal das Tablett und die Tasche abgestellt. Kaum saß die sowieso schon Gestresste, da bemerkte sie, dass der Löffel fehlte. Also schnell noch einmal zurück und das nötige Esswerkzeug besorgen.

„Das Tablett und die Tasche kannst du einen Augenblick stehen lassen", dachte sie bei sich. Schließlich war man hier unter zivilisierten Mitteleuropäern, da würde ja wohl niemand die Suppe auslöffeln oder die Tasche entwenden. Mit diesem Gedanken marschierte Petra noch einmal zurück und kam bald darauf mit einem Löffel bewaffnet an ihren Tisch. Sie staunte nicht schlecht, denn ein männlicher Mensch undefinierbarer Herkunft saß vor ihrer Gulaschsuppe und tauchte gerade seinen Löffel ein. Verblüfft setzte sich Petra erst einmal hin. „Entschuldigung, das ist meine Suppe!"

Der Angesprochene lächelte freundlich. „Perdone, No entiendo", sagte er in höflichem Ton, führte seinen Löffel zum Mund und biss anschließend herzhaft in das Brötchen.

„Natürlich, ein Ausländer und verstehen tut er auch nichts." Petra war entschlossen ihre Mahlzeit zu verteidigen. Sie setzte sich dem Menschen gegenüber und tauchte ihrerseits den Löffel in die Suppe. Sollte der freche Suppenräuber doch sehen, wo er blieb. Der runzelte verwirrt die Augenbrauen, löffelte aber weiter, während er höflich etwas fragte, das Petra völlig unverständlich war. Sie ließ sich nicht beirren, sondern brach sich ein Stück Brötchen von der unangebissenen Seite ab.

„Das ist meine Suppe", betonte sie noch einmal.

Der unverschämte Mensch zuckte die Schultern. Was blieb ihr übrig: Sie teilte ihre Suppe zwangsläufig, wobei sie den Suppendieb mit bösen Blicken aufspießte. Nachdem die kleine Terrine bis fast auf den Grund geleert war, stand der Mann ruckartig auf und entfernte sich hastig.

„Na so etwas", Petra tastete nach der Tasche, die sie unter dem Tisch abgestellt hatte. Panik überkam sie, denn offensichtlich war die nicht mehr vorhanden. Natürlich! Der dreiste Ausländer war gar nicht auf ihre Suppe aus gewesen. Er hatte es von Anfang an auf ihre Handtasche abgesehen gehabt. Das las man doch immer wieder.

„Ich Kamel, da meckere ich wegen des Essens und in der Zwischenzeit haut der Typ mit meiner Tasche ab!" Petra sprang auf und schaute sich um. Vielleicht würde sie den gemeinen Dieb noch sehen.

Das war nicht der Fall, aber sie sah etwas anderes: Eine Tischreihe weiter stand eine

Terrine mit jetzt kalter Gulaschsuppe auf
und ihre Handtasche unter dem Tisch …


## *Hallo Du*

Was schaust du denn so gräsig drein?
Der Tag hat kaum begonnen.
Die Sonne scheint, die Luft ist rein,
du wirkst noch ganz benommen.

Nun lach auch mal, so geht das nicht.
Ich bin noch etwas netter,
doch du verziehst nur dein Gesicht,
schaust drein wie Regenwetter.

Na gut, dann grummle weiterhin,
mich soll das nicht verzagen.
Ich habe heut' nen frohen Sinn,
will ganz bestimmt nicht klagen.

Doch schau – du lächelst zögerlich,
es ist noch nichts verloren.
Mein Spiegelbild so mag ich dich!
Fühl mich wie neu geboren.

## Alles wegen des Apfels

Ich glaube der Boss hatte neulich einen rabenschwarzen Tag. Er war schon länger nicht gut drauf, vielleicht gab es oben Probleme. Davon kriegt man hier unten nicht viel mit. Jedenfalls finde ich es nicht gut was er da getan hat. Alles wegen eines verschrumpelten Apfels. Das nächste Mal schmeißt er wahrscheinlich alle Vögel raus, wegen Lärmbelästigung durch Gezwitscher!

Warum hat der Boss überhaupt so komische Regeln aufgestellt? Von allen Früchten durften sie essen, von allem Bäumen Obst pflücken, auch von allen Apfelbäumen. Warum also sollten es die Früchte von dem einen Baum nicht sein. Dabei sahen die Äpfel nicht einmal besonders lecker aus. Doch kann ich nicht viel dazu sagen, denn ich esse keine vegetarische Kost. Ich habe ja auch keine Extremitäten, wie sollte ich also Obst pflücken?

Eva war jedenfalls eine gute Freundin. Wir hatten viel Spaß miteinander, denn sie ist ein wirklich nettes Geschöpf, immer freundlich und lustig. Wir haben uns oft

getroffen, wenn sie mit ihrer Liste unterwegs war. Sie hat immer genau das gesammelt, was auf der Liste stand. Manchmal fand ich das etwas anstrengend und ziemlich überorganisiert, aber was soll's.
Jedenfalls haben wir uns jedes Mal super gut unterhalten. Manchmal haben wir gerastet, wenn sie ihre Liste abgearbeitet hatte. Doch zum Nachmittag hin ist sie nervös geworden. Dann kam Adam von der Jagd und sie haben zum Abend gekocht.
Was die Menschen doch für ein Theater mit dem Essen machen. Wenn mir was Leckeres über den Weg läuft, dann schlucke ich es einfach runter. Anschließend lege ich mich gemütlich hin und verdaue.

Eva und ich hatten vor dem Rauswurf eine nette Unterhaltung. Es ging um Apfelkuchen. Sie wollte säuerliche Äpfel verbacken. Da wies ich sie darauf hin, dass die kleinen, verschrumpelten Äpfel an dem einzelnen Baum, der so ziemlich in der Mitte wächst, sehr sauer aussehen.
Erst wollte sie nichts davon wissen, weil Adam gesagt hatte, dass der Boss gesagt hatte, dass der Baum verboten sei. Ich er-

klärte ihr, dass Adam sich bestimmt ver-
hört hatte. Warum sollten die Äpfel von
dem einen Baum tabu sein, wenn sie doch
alle anderen Äpfel essen durften. Der Boss
meinte sicher, dass diese kleinen Dinger
nicht besonders lecker sind, wenn man sie
roh isst. Wahrscheinlich sind es Kochäpfel.
Das überzeugte sie. Die Gute ist ein wenig
schlicht, erwähnte ich das?

Sie pflückte sich erst einmal einen Apfel
ab, zum Probieren. In dem Moment ist
Adam vorbeigekommen. Er hatte ein
Wildschwein über der Schulter und mir lief
das Wasser im Mund zusammen. Ich
schlug vor, ihn abbeißen zu lassen, als
zweites Urteil, wegen der Säuerlichkeit.
Ich hoffte, dass er vielleicht das Schwein
ablegen würde, dann hätte ich die Gele-
genheit gehabt ...

Doch leider behielt er sein Essen über der
Schulter und grinste mich gutmütig an. Eva
reichte ihm den Apfel, er biss tüchtig hinein und verzog den Mund. Die Frucht muss
verdammt sauer gewesen sein. Ich glaube
er hatte gar nicht mitgekriegt, dass es sich
um eine Frucht vom verbotenen Baum
handelte.

Kaum hatte er runtergeschluckt, haben beide angefangen, sich ganz komisch anzugucken. Als würden sie zum ersten Mal bemerken, dass sie nichts anhatten außer ihrem mickerigen Fell.

Adam hielt sich das Wildschwein vorne vor, Eva hatte bloß ihre Hände, um sich zu bedecken.

Gleichzeitig wurde es ziemlich windig. Die Äste der Bäume peitschten hin und her, so als würden sie wütend drohen.

Weil ich ja nur eine arm- und beinlose Schlange bin, brachte ich mich vorsichtshalber in Sicherheit. Kaum war ich im Unterholz, so hörte ich, wie der Boss durch den Urwald brach. Was der für ein Gezeter gemacht hat, wegen des einen mickerigen Apfels! Ich glaube er ist ein Choleriker, so wie er geschrien hat.

Nun sind Adam und Eva weg und seitdem ist es total langweilig hier. Ich glaube, ich werde mich auf den Weg machen. Irgendwo muss doch der verflixte Ausgang aus diesem langweiligen Paradies sein.

# *Alles, aber nicht das!!!*

Ach, bitte komm doch wieder rauf,
wir fallen hier allmählich auf.
Mir wird schon Angst und Bange,
du kniest echt viel zu lange.

Auch geht mir dieser Geiger
ganz tierisch auf den Zeiger.
Die Antwort ist wie jedes Mal:
Ich will, doch mach' hier kein' Skandal.

Ich will, dass du gleich hier und jetzt
dich wieder auf den Hintern setzt.
Kein Blumenmeer, kein Teddybär
und bitte keinen Antrag mehr.

Vergiss vor allen Dingen
ein Ständchen mir zu bringen.
Du ahnst gar nicht, wie ich mich quäl',
seh' ich dich bei Wayne Carpendale.

Auch will ich keine roten Rosen,
gedruckt auf deinen Unterhosen.
Ich will, das ist mein letztes Wort,
dass du es lässt und zwar sofort.

# Frühe Sänger

Fünf Uhr morgens, es ist noch dunkel, doch das macht ihm nichts aus, er singt aus vollem Hals. Zwar klingen seine Töne leicht knirschend, doch das tut seiner Begeisterung keinen Abbruch.

Bald gesellt sich ein weiterer Frühaufsteher zu ihm und flötet ihm in seine Melodie. Unwillig schüttelt der Hausrotschwanz den Kopf. „Hör mal du, such dir gefälligst einen anderen Platz, um den Mädels zu imponieren. Hier singe ich."

„Pah", der Amselmann mustert ihn von oben bis unten und flötet unbeirrt weiter.

„Hey, cooler Platz hier. Darf man sich zu den Herren gesellen?", ein weiterer Vogel landet auf dem Ast. „Gestatten, Rudi Rotkehl mein Name", sagst's und stimmt einen silberhellen Gesang an.

Bei so viel Höflichkeit kann auch der Hausrotschwanz nicht mehr meckern. „Hans", murmelt er und bald ist ein munteres Konzert im Gange.

„Zilpzalp", ertönt es plötzlich neben ihnen. Verblüfft hält das Trio inne. „Zilpzalp-Zilpzalp", schon wieder.

„Entschuldigung, aber kannst du auch was Anderes?", fragt Rudi Rotkehl höflich. Der Zilpzalp schüttelt den Kopf und zilpt weiter.

„An dem solltest du dich nicht stören, der kann nur seinen Namen rufen", ein Buchfink sitzt etwas weiter oben und klärt auf. „Ich bin übrigens Berni Buchfink und ich kann fünf Strophen hintereinander singen."

Nachdem man sich ordentlich miteinander bekannt gemacht hat, geht das Konzert weiter. Nur der Zilpzalp und Addi Amsel haben sich nicht vorgestellt, sondern unbeirrt weitergeflötet und gezilpt.

Plötzlich wird es laut, denn es lassen sich auf einen Schlag drei Spatzen auf dem musikalischen Baum nieder und tschilpen um die Wette. Begleitet werden sie von einem Star, der sich einen Spaß daraus macht, die gefiederten Sänger zu imitieren.

„Verflixt noch einmal, die Sonne ist noch nicht einmal ganz aufgegangen! Könnt ihr nicht woanders herum lärmen!", ein verstrubbelter Kopf guckt aus einem Fenster, um gleich darauf wieder zu verschwinden. ,Krawumm', das Fenster wird zugeschlagen.

Rudi Rotkehl wendet sich verblüfft an seine Mitsänger.
„Welch merkwürdiges Balzverhalten. Ob er mit diesem unmelodischen Gesang wirklich ein Weibchen anlocken kann …"

## Wunschgedicht

Wenn ich mir was wünschen könnt',
wär' meine Liste lang:
Ein Esel, der im Garten wohnt,
ein Huhn, das auf der Stange thront,
ein Kakadu im Schrank.

Wenn ich mir was wünschen sollt',
dann sicher was mit Stil:
Ein Fabergé Ei ganz aus Gold,
ne Kreuzfahrt auf dem Nil.

Von Lagerfeld ein tolles Kleid
mit dem besonderen Pfiff.
Dann wäre ich die schönste Maid,
hätt' niemals Kummer oder Leid,
die Männerwelt im Griff.

Wenn ich mir was wünschen wollt',
so hätt' ich einen Plan.
Ich wünschte mir den Liebsten her,
verpackt in Cellophan.

Ich packte ihn behutsam aus,
sehr sanft und ohne Hast.
Wär' er aus der Verpackung raus,
so hielt ich einen Augenschmaus,
dann wäre er mein Dauergast.

Doch brauche ich keine Haute Couture
und keinen schicken Fummel.
Was nutzt mir alles Gold der Welt,
Bill Gates mit seinem vielen Geld
und seinem Windwows Rummel?

Ich wünsche mir, was jeder kann:
Ein Lächeln bringt mir Glück!
Ein kleines nur, so dann und wann
ich gäb's bestimmt zurück.

## Schlechte Hormone

„Sie haben schlechte Hormone", sagte meine Gynäkologin und sah mich streng über ihren Brillenrand hinweg an.

„Wie bitte", stammelte ich, während sich vor meinem inneren Auge Horrorvisionen abspulten. Ich sah mich, wie ich meine Hormone in die Biotonne warf, weil sie nicht mehr gut, also ziemlich vergammelt waren. Oder gehören sie eher in den gelben Sack? Hormone sind ja irgendwie künstlich oder so.

„Nun", sagte Frau Doktor beschwichtigend, denn sie musste meinen irren Blick bemerkt haben. „Das Klimakterium ist heutzutage kein Problem. Ich gebe ihnen ein Präparat mit. Benutzen Sie dieses Hormongel. Monatlich verschreibe ich zusätzlich eine große Packung Antidepressiva und schon ist alles wieder gut."

Zu Hause angekommen setzte ich sofort den Laptop in Betrieb und wühlte mich durch die einschlägige Literatur zu Thema. Ratgeber gibt es wirklich genug, wie ich schnell feststellte. Meist teilen hippe Agerinnen der Welt mit, dass es täglich neue

Chancen für Frauen mit schlechten Hormonen gibt. Schwitzen? Ach was! Endlich wieder luftige Kleidung tragen! Ein Formtief? Kein Thema! Dank Yogaübungen für den Beckenboden hebt sie dieser und zusätzlich auch die Laune!

Das half alles nicht weiter, jedenfalls nicht mir. So vertiefte ich mich in die Brigitte Zeitschrift für die reife Frau.

Artikel mit der Überschrift: ‚Haarausfall, endlich kein Intimwaxing mehr' oder ‚Das neue Fünfzig ist das alte Fünfunddreißig' ließen mich erschauern. Nachdem ich den Beitrag ‚Mit Hyaluron aufgepeppte Schamlippen' neben dem Bericht ‚Mode pur - die etwas andere Handtasche' fand, legte ich auch die Zeitschrift ad acta. Das kam mir alles irgendwie unrealistisch vor. Es klang wie der Standard Beruhigungssatz für Schwangere: „Nach der Geburt hast du alle Schmerzen vergessen."

Von wegen! Meine Mutter erinnert sich nicht mehr an meinen Namen, aber den Geburtsschmerz, den ich ihr bereite habe, hat sie jederzeit parat.

Also beschloss ich, den Bleistifttest (sie wissen schon) nicht mehr durchzuführen.

Mal ehrlich, wer braucht schon Möpse, wenn sie sich auf einem Selbstfindungstrip gen Erdboden befinden! Auch den Ganzkörperspiegel mied ich, achtete aber verstärkt auf Nasenhaare, um sie gegebenenfalls auszuzupfen.

Auch entdeckte ich ein neues Laster: Trash-TV. Filmchen, in denen botoxgestählte Blondinen Sätze wie: ‚Nicht die Hochzeit, die Scheidung muss sich lohnen', raunen. Erstaunt stellte ich fest, was ich nie bemerkt hatte. Es gibt im deutschen (und wahrscheinlich auch im internationalen) Fernsehgeschäft keine reife Frau, die älter aussieht, als Frauke Ludowik. Sei's drum - die unsägliche Desiree Nick, beispielsweise oder Frau Effenberg zeigen auf, wie man äußerlich konserviert wie weiland die tote Nofretete und innerlich schwer verbittert sein kann.

Es machte Klick, denn wer will schon so sein - und so aussehen?

Also ging ich einfach weiter zum Sport, zog meine morgendlichen Joggingrunden durch den Park und gönnte mir mein abendliches Gläschen Rotwein. Nach und nach entdeckte ich die positiven Seiten des

Hormonverfalls. Das Flirten zum Beispiel ist wesentlich weniger strapaziös. Nie wieder auf himmelhohen High Heels die Shakira auf der Tanzfläche machen. Lieber auf Mister Lover-Lover verzichten und einen netten Typen lieb anlächeln. Glaubt mir, Mädels, das wirkt super. Kein Strip in Lack und Leder ist angesagt oder Verrenkungen an der Stange. Lieber Streicheleinheiten und mal schauen was sich ergibt. Mit dem Eintritt ins weise Alter weiß frau, was sie will. Keinen Tennissockenträger mit Hängebäuchen, auch keinen verheirateten Lover mit wenig Zeit wegen ‚Mutti und die Kinderchen' und sicher keinen Typen, der zwar gut im Bett aber doof im Kopf ist.

Übrigens: Ich warte mit Vorfreude auf einen dieser Anrufe in denen es heißt: ‚Hallo hier ist Guido Dingens. Frau P. ich gratuliere. Sie haben gewonnen.' Ich werde mit zitternder Stimme antworten: ‚Wissen sie, junger Mann. In meinem Alter bracht man nichts, man stirbt sowieso bald. Lassen sie uns über Gott reden.'
Und dann lache ich mich kaputt ...

## Der Hund – der Grund

Was soll ich sagen, ich bin Single,
und ständig fragt mich irgendwer:
Kommst du mit, nur auf ein Bierchen?
Das abzulehnen fällt mir schwer.

Weil: ich bin niemandem verpflichtet,
bin kinderlos und ohne Mann.
So glaubt man allgemein und immer,
dass Angie häufig ausgehen kann.

Gerade krieg ich eine Nachricht,
sie ist von Wölfi, diesem A...(rmleuchter).
Er glaubt, er wär' ein großer Maler
und gibt heut' eine Vernissage.

Wie zu erwarten ist es schrecklich,
die Bilder richtig heftigst schlimm.
Ich schleich mich leise, unauffällig
zu meinem Malerfreunde hin.

Sag: „Ehrlich, sorry, lieber Wölfi,
ich gehe jetzt, auf Wiedersehen."
Er schreit es durch den ganzen Laden:
„Warum willst DU so früh schon gehen?"

Natürlich bleib ich, ohne Frage
und geh' um ein Uhr früh nach Haus.
Da seh' ein einen kleinen Fiffi.
Was sieht der Hund nicht niedlich aus.

Am Ende seiner langen Leine,
da steht ein Bild von einem Mann.
Ich überlege ziemlich krampfhaft:
wie spreche ich das Herrchen an?

Die Eingebung, sie kommt ganz plötzlich,
ich kauf mir morgen einen Hund.
Um mich vor Anfragen zu drücken,
hab ich dann  immer einen Grund.

„Ach ja, ich tränke gern ein Bierchen,
jedoch mein Hundlein muss raus.
Der macht mir sonst noch in die Wohnung,
und gräbt die Kübelpflanzen aus.

Die Vernissage, oh je, wie schade,
mein Fiffi ist so schrecklich krank!
So kann ich leider gar nicht kommen,
denn Wauwie liegt schon wieder lang."

Die Eingebung, sie lässt mich lächeln,
der süße Typ, er lacht zurück.
Ich werd' mir seinen Hund ausleihen!
Oh Mann, was habe ich ein Glück.

# Einfach danke

*Sardinien, April 2018*
*Cattedrale di Santa Maria Assunta in*
*Orestano*

Ehrfürchtig betreten wir diese wunderbare Kirche, bestaunen die Statuen, die Heiligenbilder und auch die unglaublichen, prunkvoll glitzernden Kronleuchter.

Dies ist ein Moment der Ruhe, der Besinnung. Einfach innehalten, die Stille der Kathedrale auf sich wirken lassen - zur Ruhe kommen. Eigentlich sind wir beide nicht besonders gläubig, aber an diesem Ort ist eine besondere Magie zu spüren, die uns demütig werden lässt.

Auf dem Weg zum Ausgang finden wir einen kleinen, unscheinbaren Marien Altar, vor dem ein paar Kerzen flackern.

Ich bleibe wie von selbst stehen, betrachte nachdenklich den warmen Schein, der den Altar umgibt. Schließlich entrichte ich den Obolus, entzünde eine Kerze.

Worum soll ich bitten? Bisher habe ich immer ein Anliegen gehabt, wenn ich in einer Kirche eine Kerze entzündet habe. Erstaunt stelle ich fest, dass es dieses Mal ganz anders ist. Weil ich rundherum glücklich bin und zufrieden. Im Einklang mit mir und mit meiner Umwelt.

Deshalb falte ich die Hände, sage einfach ‚Danke'.

Danke für das Glück, das mir zuteil wurde und immer noch wird. Das Glück, einen Menschen gefunden zu haben, der mich liebt. Der mich so nimmt, wie ich bin. Bei dem ich mich nicht verbiegen muss, einfach ich sein kann.

Danke für so viel echte, unverfälschte Liebe.

Danke, dass wir gesund sind, dass uns so schnell nichts aus der Bahn wirft. Dass wir die Autobahn des Lebens nicht nur steil bergauf, sondern auch bergab und ohne Airbag gemeistert haben.

Danke für unsere tollen Kinder und die wunderbaren Enkel.

Einfach Danke für das pralle Leben, das mir zuteil wird, das ich genießen darf und kann.

Bei diesen Gedanken treten mir die Tränen in die Augen. „Ich muss mich einen Augenblick hinsetzen", wispere ich ein wenig verschämt, weil ich heulen muss vor lauter Glück.

Du lächelst verstehend, streichst mir über den Arm, lässt mich für einen Augenblick allein mit mir, was mir gut tut.

Als wir die Kirche verlassen nimmst du meine Hand. Nur eine kleine Geste, aber deshalb liebe ich dich.

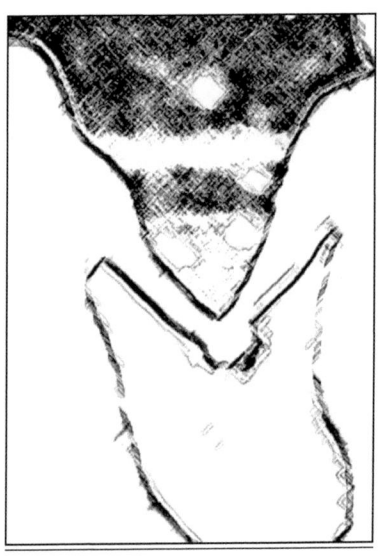

## Angie Pfeiffer

Angie Pfeiffer, 1955 in Gelsenkirchen geboren, ist zum zweiten Mal verheiratet und lebt
heute mit ihrem Mann im Münsterland. Sie
schreibt Unterhaltungsliteratur in Form von
Romanen und Kurzgeschichten für Erwachse-
ne sowie Kinderbücher. Sie hat Romane und
zahlreiche Kurzgeschichten in Anthologien,
Literaturzeitschriften und der Tagespresse
veröffentlicht.

## Home: angie-pfeiffer.com

## Romane:

### Nur wer fällt, kann fliegen lernen
### Roman

Tim wünscht sich nichts sehnlicher, als eine ganz normale Beziehung. Das ist leichter gesagt als getan, denn irgendwie gerät er immer an die falschen Frauen. Auch mit seiner bigotten Mutter hat er es schwer. Sie will ihn unbedingt auf den rechten Weg bringen. Dabei schreckt sie vor nichts zurück. Einzig sein Vater versucht, ihm zur Seite zu stehen, auch wenn das manchmal ziemlich schwierig ist. Denn Tim bringt sich mit seiner herzerfrischenden Naivität oft in ziemlich schräge Situationen. Doch mit viel Herz und einer Prise Humor meistert er sein Leben letztendlich.

‚Nur wer fällt, kann fliegen lernen' ist ein Roman der den Leser schmunzeln, lächeln, lachen lässt und gleichzeitig seine nachdenklichen und melancholischen Momente hat.

**Ruhrpottklüngel**
Kindheit und Jugend im Herzen des Ruhrgebiets

**Ruhrpott Pärchen**
Leben und lieben zwischen Emscher und Rhein-Herne-Kanal

**Ruhrpottherzen**
ein Roman über Macker und Tussis, Döppken und Blagen, Hallas und Halligalli, Fissematenten, Sperenzkesund ein ganz schönes Schlamassel.

**Ruhrpottabschied**
Männersuche per Internet

**Liebesbriefe**
Briefe für ganz besondere Menschen

**@Mail Verkehr**
Eine humorvolle Liebesgeschichte in E-Mail Form

**Relativ verliebt - Liebe online**
Liebe per Internet

**Wie lange ist für immer?**
Kurzgeschichten
30 Kurzgeschichten rund um das Ver - und
Entlieben.

**Dackel Murphys Abenteuer**
Ein Roman für große und kleine Tierfreunde

**Ein Dackel namens Murphy**
Ein Roman für Dackelfans, Hundelfreunde,
Katzenliebhaber und tierliebe Menschen

**Insel über dem Wind**
Spannende, wissenswerte und amüsante Kurzgeschichten rund um das Verreisen

**Lustig bei heiter**
Kurzgeschichten, die zum Schmunzel, Lächeln
oder Lachen verleiten.

**Sieben Leben**
Mörderische Kurzgeschichten